유문호의 한 뼘 소설

쿵! 하고 안드로메다

유문호의 한 뼘 소설

쿵! 하고 안드로메다

담앤심

차례

안녕! 악수해

새벽 세 시. 어느덧 그는 올빼미가 되어 있었다. 한 권의 소설책을 읽었고, 라면을 끓여 먹었으며, 온라인 고스톱을 쳤다. 소설은 더럽게 재미없었고, 발소리를 죽여가며 끓여 먹은 라면은 눈물겨웠으며, 백수 생활 동안 모아놓았던 고스톱 머니는 식스고와 피박 거기다 미션까지 걸려 단 한 방으로 몽땅 날려버렸다. 정말이지 재수 없는 인간은 뒤로 자빠져도 코가 깨진다는 말이 결단코 틀린 말은 아니라고 중얼거리며 그는 화장실로 향했다. 잠귀 밝은 아내가 깨지 않게 뒤꿈치를 들고 최대한 사뿐 사뿐히.

소변을 본 그는 지그시 레버를 눌러 물을 내린다. 콰르르르 콸콸-. 이런 염병. 생각보다 큰 물소리에 그는 흠칫 놀란다. 그는 얼른 변기 뚜껑을 닫고 그 위에 자신의 궁둥이를 밀착시킨다. 꽈배기처럼 돌던 물들의 숨넘어가는 소리가 궁둥이 밑에서 껵꺽거리며 최후를 맞이한다. 다행이다. 아내는 깨지 않았다. 하마터면 미안하고도 염치없는 일을 저지를 뻔했다.

언제부터인가 그는 아내의 눈치를 보기 시작했다. 아마도 아내가 일하러 나가기 시작한 뒤부터였을 거라고 그는 생각한다. 아내가 직장을 나가기 시작한 건 그가 백수 생활을 시작한 지 두 달이 지났을 무렵이었다. 카드빚은 그렇다 하더라도 자고 나면 날아오는 각종 고지서들을 당해낼 재간이 없어진 탓이다. 그것은 정말 대단한 위력이자 피 말리는 압력이었다. 어떤 기관은 고지서를 보내놓고도 모자라 전화를 걸어 납부 기한을 알려주는 친절함까지 보여주었다. 이를테면, 당신의 어떤 은행의 계좌로 몇 월 며칟날 얼마가 빠져나갈 예정이니 미리미리 잔고를 확인해 놓으라는 식이었다. 엄청난 친절이 들이닥칠 때마다 아내는 심장이 멎는 것 같다고 말하곤 했었다. 죄진 거 없이 가슴이 쿵쾅거리고 불안해서 견딜 수가 없다고 했다. 물론 그도 아내와 다르지 않았다. 사소한 소리에도 철렁철렁 가슴이 내려앉았고 하늘이 노래지는 것 같았다. 고문이 아닐 수 없었다. 그러고 보면 요즘 아내의 아침 출근은 그나마 한 줄기 빛인 것이다. 그런 의미에서라도 아내의 잠은 아침까지 숙면으로 계속돼야 한다. 쭉…….

약수터를 다녀오는 일은 그의 일과 중 하나다. 물통을 챙기고 읽을 만한 책을 한 권 챙긴다. 피라미 오줌만큼씩이나 나오는 약수였으므로 나란히 물통 줄을 맞춰놓고 족히 한 시간 이상을 기다려야 한다는 것을 그는 잘 알고 있었다.

아파트 단지를 빠져나와 상가가 이어진 한길에 이를 즈음 길을 막고 사람들이 웅성거렸다. 싸움이 벌어진 모양이었다. 가만 얘기를 들어보니, 상가와 상가 사이 빈 땅을 서로 더 차지해야겠다는 이유에서였다. 인도까지 점령하고도 모자라 싸움이 일어난 거였다. 서로의 멱살을 틀어쥐고 게거품을 물고 있는 두 사람의 얼굴엔 개기름인지 땀인지 모를 육수가 번들거렸다. 싸움하는 사람들을 쳐다보다 문득 그는 들고 있던 책을 본다. '혼자만 잘 살믄 무슨 재민겨'라는 책 제목이 무색해져 왔다. 책 제목은 틀린 것 같다. 저렇게들 싸우는 걸 보면 필시 뭔 재미가 있기는 있는 게 분명해 보인다. 참으로 인간들이란.

그때였다.

"아저씨?"

누군가 그를 부른다. 돌아보니 웬 꼬마 녀석이다.

"나를 부른 거니?"

"네."

많은 불림을 당해봤지만, 이렇게 어린 녀석에게 불림을 당해본 건 또 난생처음이다. 조금 어이없는 표정으로 녀석을 바라본다. 이거야 원, 생각하다가…… 뭐 그럴 수도.

"저 아저씨들 왜 싸우는 거예요?"

"……"

그가 대답하지 않고 돌아서자 녀석이 나란히 옆으로 걸으며 재차 묻는다. 녀석의 손에도 물통이 들려있다.

"왜 싸우는 거냐고요. 네?"

무감한 눈빛으로 녀석을 돌아보던 그는 퉁명스럽게 대답한다.

"잘 살기 위해서."

"잘 살려면 서로 도와가면서 지내야 하는 거 아닌가? 사이좋게……."

틀린 말은 아니었다. 녀석은 의외로 순진하고 똑똑했다. 하지만 이겨야 산다는 약육강식의 비참한 현실이 바른 생활의 교육과 맞아떨어질 리 만무하다. 그러니까, 인생은 뒷목 잡는 존경스러운 일이 얼마나 많은지. 그걸 알기에는 아직 너무 귀여운 녀석이었다.

"잘 사는 건 싸움에서 이기는 것이기도 해."

"거짓말……."

"이런 젠장, 조그만 녀석이."

녀석의 거짓말이란 소리에 혼잣말이 절로 흘러나왔다.

"거짓말 아니야. 정말 잘 사는 사람은 자기가 싸움하는 게 아니라 돈을 주고 잘 싸우는 사람을 사기도 해. 손가락 하나 까딱하지 하고 상대를 이길 수 있다는 얘기지. 그러니까 아까 그 사람들은 앞으로도 엄청 많이 싸워야 할 거야. 자~알 살기 위해서."

"……!"

말을 해놓고 그는 아주 잠깐 후회했다. 대답해주고 보니 그만 그런 식의 대답은 아이에게 별 도움이 안 되는 말인 것 같았다.

"그럼 아저씬 잘 싸워요?"

헉! 아놔, 뭐 이런 개떡 같은 질문을. 순간 현기증인지 뭔지 모를 아찔함이 빠르게 뒤통수를 치고 달

아났다. 꿈같은 물음이었다. 뭐랄까, 그 말은 도무지 이길 수 없는 싸움을 목전에 두고 있는 사람에게 "이길 수 있지?"라고 묻는 말처럼 아득하기도 한 물음이었다. 잠시 서너 발자국을 떼어놓던 그는 조금 맥없는 목소리로 대답했다.

"아니."

"왜요?"

"왜요는 무슨. 그냥."

"그러니까 그냥 왜요?"

얼씨구, 도토리만 한 게 말이지. 집요한 놈이 아닐 수 없다. 그는 별수 없이 다시 대답해 준다.

"세상은 넓고, 이해할 수 없이 잘 싸우는 사람들은 얼마든지 많기 때문에."

그러나 비겁한 승리보다 아름다운 패배가 더 값진 거라고 그는 말하지 않았다. 정말이지 이 세상은 생략된 과정, 그 끝의 결과만 중요한 것이었고 또 필요로 하는 곳이었으니까. 암 그렇고말고. 그는 단언컨대 자기의 생각이 틀림없다는 듯 고개까지 주억거렸다.

"싸움만 잘 하면 뭐해. 우리 반 땜통자국이라는 애는 만날 빵점만 받는데……. 아저씨 안녕."

녀석이 혼잣말처럼 한마디 휙 던지고는 안녕을 고한다. 그리고 앞장서 종종걸음으로 저만치 멀어진다. 고것 참.

꼬박 10년이었다. 그가 다니던 제약 회사를 그만두게 된 건 자의 반 타의 반이었다. 의약 분업이 그 시발점이었다. 의사가 약을 처방하고 약사는 그 처방전에 따라 조제해야 한다는 제도. 이른바 약품의 오남용을 방지하고 나아가 의사와 약사의 이중적인 절차를 통해 환자의 안전을 도모한다는 취지였다. 하지만 그것으로 인해 제약 회사 간의 물밑 전쟁은 더욱 치열해졌고, 병원 영업을 하던 그가 약국 영업으로 전환되면서부터 일은 삐걱거리기 시작했다. 우선은 회사의 목표 방침이 그 어느 때보다도 강도가 높아졌다. 그달 판매량을 정해놓고 실적이 부진한 사람에게는 은근한 압력을 넣어 스스로 자진 사퇴를 하도록 유도했다. 밀려나지 않으려면 무슨 수를 써서라도 정해진 목표를 달성해 내거나 달성해 내지 못한 만큼의 제품을 자신이 끌어안을 수밖에 없는 노릇이었다. 결국 끌어안은 제품을 딤바이(손해를 보면서 판매)해야 하는 악순환이 꼬리를 물었다. 돈을 벌자고 회사에 다니는 것이 아니라 회사에 돈을 가져다 바치는 꼴이 되고 말았다. 빌어먹을.

악순환의 꼬리는 길게 이어지지 않았다. 하루의

매출 실적을 당당히 적어내는 동료들 앞에서 그는 점점 주눅 들어가기 시작했다. 그나마 그가 한 회사에서 십여 년이란 세월을 버틸 수 있었던 것은 온전히 친구 덕이었다.

대학을 졸업하고도 이렇다 할 직장이 없었던 그에게 친구는 제약 영업을 권유했고, 손수 제약 회사를 알선해주었다. 체질적으로 남에게 도움 받는 걸 대단히 싫어하는 성격이었지만 그때만큼은 거절하지 않았다. 코가 석 자였으므로. 그렇다고 그가 특별한 재주가 있거나, 남다른 능력을 가지고 있느냐, 묻는다면 천만의 말씀 만만의 콩떡이었다. 정확히 뭐라고 단정 지을 수는 없지만 한마디로 그는 보기만 해도 가슴이 답답~해져 오는 그런 사람이었다. 아마도 남들이 보기에 그는 그런 사람인 게 분명했다. 아마도 말이다.

친구는 꽤 커다란 종합병원의 내과 전문의였다. 병원 이사장이 이종사촌간이라고 했으니까 이를테면 친구는 자타가 인정하는 병원 내 실세인 셈이었다. 친구는 그에게 일정 부분 제약 납품을 의뢰해줬고 그 덕으로 그는 지난 십여 년을 버텨올 수 있었다. 하지만 의약 분업이 시행되고 조제의 권한이 약사에게로 넘어가면서부터 그의 인생에 암울한 먹구름이 드리우기 시작했다. 사실 지금까지 그는 영업 파트에서 일해 왔지만 실전 영업에 그리

밝은 편이 못 되었다. 지금까지 그가 해왔던 것과 야전의 약국 영업과는 사뭇 다른 것이었다.

　회사에서 그는 점점 바보가 되어가는 것 같았다. 바보가 되어가는 속도만큼 눈치도 늘어갔다. 어디 그뿐인가. 말도 잃어갔다. 누구의 탓도 아니었다. 회사라는 곳이 능력 위주의 단체이고, 더군다나 영업이라는 것은 무엇보다 능력을 필요로 하는 것이었으니까. 실적이 없으면 찬밥 신세가 되는 것은 불을 보듯 뻔한 이치였다. 당연 바보가 되어야만 하는, 눈치를 봐야만 하는, 말을 잃어야만 하는 필연적 상황인 것이다.

　의약 분업이 실시된 지 3개월 만에 그는 사회부적응자라는 별명과 함께 완전한 바보가 되었다. 바보가 되고 보니 도무지 세상에서 그가 할 수 있는 일이라곤 없는 것 같다는 생각마저 들었다. 세상이 거대한 벽같이 느껴질 때가 한두 번이 아니었다. 그가 있는 이쪽과 저쪽 사이에 깨지지 않는 방탄유리가 있어 들어가려 하면 단단한 허공에다 엑스레이 한번 찍고 나동그라져 별을 세는 기분이랄까. 아무튼 그랬다. 의약 분업이라는 단 한 방의 펀치에 그는 나가떨어진 거였다. 결국 그는 완전한 바보가 된 지 4개월 만에 스스로 사표를 제출했다. 회사에서도 그걸 간절히 원했다. 당연하고도 당연한 일이었다.

회사를 그만두고 집으로 돌아오던 날, 흔들리는 전철 안에서 그는 '린다 김'이라는 로비스트가 실형을 받고 법정 구속된 지 2개월 만에 항소심에서 집행유예로 풀려나 미국으로 출국했다는 신문기사를 읽었다. 아주 자세히. 다시 자발적으로 그녀가 돌아오지 않는 한 수사기관의 추적과 추가 수사는 사실상 물 건너간 셈인 거였다. 그녀는 자유였다. 그도 자유였다. 질적으로 엄청나게 다른 상황이긴 했지만, 어쨌거나, 자유였다. 그도. 린다 김도.

안녕! 외치고 달아난 꼬마 녀석이 능선을 넘어간다. 녀석의 다리, 허리, 그리고 머리가 점점 가라앉는다. 거기 계곡이 있고, 계곡을 따라 조금만 오르면 약수터가 있을 거였다. 문득, 갈증이 났다. 그는 천천히 뛰기 시작한다. 싸움을 하던 상가들이 그의 뒤로 점점 멀어진다. 곧 능선을 오르기 시작했고 숨이 턱까지 차오른다. 목말라. 자유도 길어지면 목이 타는 법. 얼른 가서 시원한 약수 한 바가지를 맛있게 들이켜야겠다고 그는 생각한다. 잠깐만 참으면 돼. 곧 약수터가 나올 테니까. 그러면 땀을 씻어내듯 구겼던 얼굴을 펴고,

안녕! 약수터.(*)

냉동 인간

1.

　말도 안 되네! 제발, 이런 스트레스를 어쩌면 좋겠
나. 생각해 보게. 새마을 노래가 나온 지 얼마나 많
은 시간이 흘렀나. 그런데 새벽종만 좆나게 울리고
새 아침은 전혀 올 생각 없는 비극이 지금, 세상에
우아하게 펼쳐지고 있다는 생각일세. 배는 뒤집혀
산으로 간 지 오래고…… 억울함을 호소하며 자살
한 이는…… 세상이 저 때문에 도떼기시장이 되었
음에도 말이 없네. 이런 개 같은 세상이 또 어디 있
겠나. 이제 희망 같은 건 없네. 폭력과 거짓말과 좆
도 아닌 우리와 위대한 권력만이 있을 뿐이네. 무
엇보다 담뱃값이 서민 귀싸대기 후려치듯 올랐다
는 건 스트레스가 아닐 수 없네. 담배를 가르친 세
상이 담뱃값으로 엿 먹인 셈이 아니고 뭐겠나. 언
제부터 이 나라가 내 건강에 대하여 그렇게 너그럽
게 생각했는지 모를 일이네. 젠장. 아무튼 엉망이
네, 엉망이야.

　자, 진정하고 담배 한 대 피우시게.

　고맙네. 어제는 티비를 시청하고 있는데 난데없이
화살이 날아오지 않겠나, 세상에. 자넨 화살을 날
리는 티비를 본 적이 있나. 머리와 가슴에 정통으
로 두 발을 맞았다네. 열 받아서 망치로 티비를 박
살내고 있는데, 갑자기 별이 보인다 싶더니 그만

정신을 잃고 말았네. 뒤통수를 얻어맞은 게 분명하네. 아내 짓이란 걸 알지만 아무 말도 못 했네. 이게 다 그놈의 티비 때문일세.

　자, 잊어버리고 담배 한 대 피우시게

　고맙네. 아내 얘기가 나왔으니 말이네만, 자네 집사람도 밥하다 말고 바가지라든가 아니면 밥주걱 같은 걸 날리는가? 아 참, 자네 집사람은 말없이 훌쩍훌쩍 운다고 했지. 미안하네. 내가 깜박했네. 자네도 나처럼 느닷없이 날아오는 바가지나 밥주걱 같은 거로 맞아보게. 가끔 정신이 오락가락한다네. 그런데 말이야 이상하게도 아내가 날리는 바가지라든가 밥주걱 같은 게 이해가 된다 이 말이지. 그리고 이해를 하면 할수록 이 개 같은 세상에 대한 부아가 치밀어 오른다네. 먹고 사는 일에는 누구든지 민감한 법일세. 내 말 무슨 뜻인지 알겠는가. 열(熱) 말일세, 열. 이를테면 타는 목마름 같은…….

　알고말고. 자, 담배 한 대 피우시게

　고맙네. 하루빨리 열을 식힐 줄 아는 지혜를 배워

20

야겠다는 생각일세. 모든 사고의 근원은 열을 제대로 다스리지 못해서 오는 것일세. 요즘 들어 걸핏하면 신열이 오른다네. 그것은 내 몸이 열을 다스리지 못하고 있다는 증거가 아니고 뭐겠나. 이대로 가다간 제 명에 못 죽을 게 뻔하네. 암 그렇지 그렇고말고.

그리고

  그런 이유로 그는 담배를 끊고 스스로 냉동 인간이 되었다. 한 세계에서 다른 한 세계로의 귀환을 꿈꾸며.

  2.

  그러니까, 그가 담뱃값으로 엿 먹인 세상을 패대기치고 냉동의 세계로 떠난 뒤 열은 고스란히 세상의 몫이 되었다. 세상엔 폭력과 거짓말과 좆도 아닌 우리와 위대한 권력만이 창궐하고 또 창궐하였다. 진실은 돌아오지 않았고, 오해 또한 풀릴 기미가 보이질 않았다. 아브라함은 이삭을 낳고 이삭은 야곱을 낳고 야곱이 유다와 그의 형제들을 낳고 낳듯이 그냥 악의적인 소문들 속에서 황망한 시간들은 잘도 흘러갔다. 그동안 나는 세상으로부터 실업

자가 되었고, 신용 등급이 떨어졌으며, 폐암 말기 환자라는 판정을 받았다. 그리고 마침내

그를 찾아 나섰다.

춥다. 부르르 몸을 한 번 떨고, 헬멧을 쓴다. 그윽한 자태로 세워져 있는 오토바이는 썩어도 너무 썩었다. 몇 년 전 여행도 좀 하고 폼 나게 살아보자고 구입했던 중고 오토바이다. 어쩌면 십 리도 못가 아스팔트 위에 모든 부품을 널어놓을지도 모를 일이다. 아무렴 어때, 시동 걸리고 굴러간다는 게 중요한 거지.

떠나기 전, 도널드 트럼프가 미국 최우선주의(America first)를 국정 기조로 천명하며 대통령에 취임했다는 소식을 들었고(그래, 니 똥 굵은 건 알겠다. 그런데 이 지구가 네 것이니?), 잇몸 내려앉아 흔들리던 앞니 두 대를 뽑았고(멀쩡했던 인간이 한순간에 바보 되는 진귀한 풍경을 목도), 치통이 사라진 대신 앞니 사이로 쉐엑-쉐엑 함부로 바람이 드나들었고(으-핫핫하, 시원하니 좋기만 하구만 뭘), 어쩌자고 은행을 갔는지 모를 일이지만(이건 뭐 통장마다 집단 폭행당한 것도 아니고- 다 내 복이지 뭐) 대략 그렇고 그런 일들이 있었다. 그런

데 이런 일들은 다분히 지구적이다. 생각해보면 매일 그렇고 그런 별것도 아닌 일들이 다반사로 벌어지는 지구다.

'이제 갈 데까지 가보자.' 덜덜덜, 고물 오토바이가 그렇게 속삭이는 것 같았다. 변속기를 넣고 천천히 나와 세상 사이의 에뮬레이터를 제거한다. 동시에 이 세계에서 벌어지는 일상다반사가 멀어진다. 흐흐흐 이상하게도 웃음이 흘러나왔다. 앞니 빠진 이빨 사이로 바람이 사라진다. 무감하게 멀어지는 세계를 돌아다본다. 그리고 가볍게 목례를 고한다.

자 그럼 모두들, 수고.

3.

오토바이를 버렸다. 얼마간 산길을 오르다 보니 더 이상 오토바이는 갈 수가 없어졌다. 간당간당 숨넘어가기 일보 직전까지 사력을 다해 달려준 고마운 오토바이였다. '얘는 어쩌자고 여기까지 와서…….' 잠깐 자빠진 오토바이 바라보며 그런 생각을 했다. 어쨌거나 오토바이를 버리고 나니 돌처럼 굳었던 몸속 세포들이 하나둘씩 깨어나는 느낌이었다. 마치 자, 이제 우리들 차례야, 하고 외치는 것처럼 온몸에서 하얀 김들이 무럭무럭 피어났다. 그렇게 인적 없는 산을 하나 넘고 더 깊은 곳으로 걸어 들어갔다. 날은 저물었고 그는 찾지 못했다. 대충 묵어갈 자리를 정하고, 멍 때리고 앉아있으니 불현듯 '여긴 어디, 나는 누구?' 그런 생각이 들었다. 무언가 아쉽고 허전하고 그러나 또 시원하기도 한.

고립무원의 세계엔 밤새도록 눈이 내렸다.

폭설이었다. 밤새도록 바람이 불었다. 강풍이었다. 밤새도록 비명이 들렸다. 천지사방이 귀곡 산장이었다. 그리고 얼어 죽기 딱 좋은 곳이었다. 세상에 그렇게 길고 긴 밤은 난생처음이었다. 아침은 오지 않고, 그 긴 밤 동안 그와 나눴던 말이 머릿속에서 지구의 자전처럼 돌고 돌았다. "혹시 자넨 냉동 인간이라고 들어본 적이 있나?" "듣긴 들었네." "하지만 사람을 냉동시킨다는 게 말이 되는가?" "왜 말이 안 된다고 생각하나. 자네 그 왜, 코끼리를 냉장고에 넣는 법이라고 들어봤지. 그것과 다를 바 없다네. 이를테면, 마취시킨다. 혈액을 빼낸다. 액화 질소를 뿌려 냉동 처리한다. 그리고 보관한다. 어떤가? 복잡한 의문 따위는 버리게. 그냥 생각을 빼내고 시간 속에 내 몸을 맡기는 거라고 생각하게. 나는 이제 그렇게 해 볼 작정이네. 그렇게 해 볼 작정이네. 그렇게 해 볼 작정이네……." "아 됐고, 그냥 얼어 죽기 딱 좋은 곳이라니까 그러네."

눈이 그쳤고, 바람도 멈췄고, 비명도 사라졌다. 고요하다. 그 대신 눈 무덤 속이다. 천천히 눈 속을 헤집고 기어 나온다. 우두두둑, 한밤 내내 웅크리고 있던 내 뼈다귀들이 새롭게 제자리를 찾아간다. 그리고 눈앞에 펼쳐진 놀라운 광경을 본다. 이런 냉동의 세계라니! 과연 거대한 냉동의 세계가 우아하게 펼쳐져 있었다. 눈이 부셨다. 모든 게 꽃이었다. 오겡끼 데스까? 와다시와 겡끼데스!라는 말이 절로 흘러나왔다.

간밤의 비명과 함께 냉동 처리된 기이한 풍경!에 넋이 빠져 한참을 그렇게 서 있었다. 저마다 생긴 대로 모든 것이 죽고, 모든 것이 산 것이었다. 온통 흰색이었다. 삶과 죽음의 구분이 사라져 있었다. 인간의 눈에는 세 가지의 색을 감지하는 세포가 있는데, 인간의 눈이 같은 크기로 자극되면 세포들은 흰색이라고 느끼게 된다. 그래서 빛의 3원색을 합치면 흰색이 되며, 가시광선 전체를 반사하는 물체도 흰색으로 보인다는 글을 어디에선가 읽은 기억이 난다. 그래서였을까, 색을 지우고 나니 그곳에 있는 나도 흰색이라는 느낌이 들었다. 그리고 고요…… 그곳으로 한 발을 내딛자 움푹, 허방다리 내딛듯 내 키 절반이 눈 속으로 빠져들어 갔다. 헤엄을 치듯, 그러니까 액화 질소를 유영하듯 앞으로 나갔다. 이상하게도 춥지 않았다. 오히려 안락함과 함께 뭐랄까, 이곳은 자궁 속이 아닐까 싶은 생각마저 들었다.

이 믿기지 않는 상황을 어떻게 설명해야 할까. 어쩌면 이곳은 생체 시간이 멈추어있는 거대한 저장 탱크일지도 모른다. 그런 생각마저 들었다. 아니 그렇게 믿고 싶었다. 정말이지 근사한 냉동의 세계였다. 두두두두- 초원을 달려 물웅덩이를 발견한 세렝게티의 버팔로가 이런 기분이었을까. 나는 괴성을 지르며 앞으로 걸어나갔다. 앞으로, 앞으로,

지구는 둥그니까, 자꾸 걸어 나가니 저만치 눈 속에 타임캡슐 같은 귀틀집이 눈에 들어왔다. 그 집 앞 넉가래를 짚고 손 흔드는 그가 보였다. 그리고 환청인지 바람인지 모를 목소리가 들려왔다.

 어이, 거기 오고 있는 게 자네 아닌가? 어서 오게. 이런 곳은 처음이지?(*)

나쁜 인간

리처드 도킨스(Richard Dawkins)는 말했다.

 모든 인간은 자기 위주로 사고하고 자기 위주로 행동한다고. 그것은 이기적 유전자로부터 자기 보존의 원칙에 의해서 출발한 것이라고. 그렇다 하더라도 이건 삭막한 말이군. 그래서

 세상은 지금 행복한가. 글쎄, 그럴 리가. 이게 다 당신. 인간

때문이다. 동물의 일원이지만 다른 동물들에게선 볼 수 없는 고도의 지능을 소유한 만물의 영장. 만물의 영장이란 말은 천적이 없다는 얘기. 그래서 자기 위주로 생각하고 자기 멋대로 행동한다는 얘기. 이쯤 되면 억지로라도 행복해야 하는 게 맞다. 그런데 왜? 이게 다 당신 때문이다. 천적이 없어 자기들끼리 치고받고 싸우는 당신 때문이다. 말해 뭐 해…… 내 입만 아프지. 수렵을 버리고 화폐를 만들어 사용하는 것만 봐도 그렇다. 이 얼마나 독특한가. 정말이지 인간은 특별하게 다르다. 특별하게 말이 많고, 특별하게 욕심 많고, 특별하게 탈도 많으며, 특별하게 나쁘다. 지능이 높으면 높을수록, 많이 알면 많이 알고 있는 만큼, 돈이 많으면 많은 인간일수록 나쁘다. 인간은 나쁘다. 즉, 당신이 나쁘다는 얘기.

그러니까

지구도 지구군 지구면 지구리 지구번지에서 그 인간은 태어났다. 알고 보면 뜻밖의 일들이 뜻밖의 결과를 초래한다. 태어나는 것도 뜻밖의 일이거니와 그 인간의 부모가 되는 것도 뜻밖의 일이다. 그렇듯, 그 인간은 본능적으로 엄마를 찾는다. 그 인

간의 엄마는 젊고 튼튼했다. 어디선가 그 인간에게
무슨 일이 생기면 지체 없이 달려가 그 인간의 든
든한 백(back)이 되어주었다. 당연했다. 그 인간의
엄마는 목청이 컸고, 드셌으며, 기운 센 천하장사,
누가 뭐래도 그 인간의 엄마니까. 어쩌겠어. 그 인
간은 줄기차게 백이 필요했고 열심히 엄마를 찾았
다. 말할 것 같으면, 인간들은 주로 그랬다. 누군가
에게 얻어터졌을 때도, 학용품을 사야 할 때도, 배
고플 때도, 아플 때도, 추울 때도, 더울 때도, 하다
못해 생일, 발렌타인데이, 빼빼로데이, 100일 기념
일, 200일 기념일, 300일…… 이런 염병. 뭐야 이
건, 흡혈귀잖아. 아무튼 아무짝에도 쓸모없는 기념
일에 필요한 자금을 조달할 때도, 열심히 엄마를
찾았다. 이를테면, 엄마는 그 인간의 봉. 세상에 이
런 봉 없다. 그렇게

불면 날아갈까, 쥐면 꺼져버릴까, 공을 들였지만
교육과는 다르게 '너는 너대로 나는 나대로 갈 길
이 따로 있구나'다. 위대하고 경이로운 유전자의
힘. 그런즉, 그 인간의 만행이 시작된 것이다. 뭘
봐. 왜? 꼬아? 보면 어때. 엇쭈, 아니 뭐 이런 인간
이 다 있어. 그래서 뭐? 뭐어? 한번 해보자 이거
야? 이유 같은 건 없다. 그냥 아무 말 대잔치에 슬
슬 끓어오르고, 열 받고, 그래서 부수고, 치고, 박
고, 네가 나를 모르는데 난들 너를 알겠느냐, 이 순
간과 정열을 그대에게. 퍽! 하고, 날아오는 불행을
고스란히 얼굴로 가슴으로, 그리하여 누군가는 아
프게 받아 냈을 것이다. 그게 나인지 당신인지 모

르겠지만 하여간, 누군가는 당했을 것이다. 그리고
유유상종

　그 인간은 결혼했다. 기둥뿌리 뽑아 대학 공부시
켜 놓았더니 결혼과 동시에 아예 집을 통째로 들고
갔다. 이런 젠장, 누구세요? 누구긴, 그 인간이지.
당신이 그리도 열과 성의를 다해서, 종족 보존의
원칙에 따라 키워 낸 바로 그 인간. 그러니까 인간
만사 사필귀정. 엄마는 쪽방으로 밀려났다. 쪽방은
함경북도 회령에서 제주도보다도 더 먼 거리. 그
인간이 엄마를 찾는 횟수도 점점 줄어들었다. 당연
했다. 봉도 봉 나름. 엄마는 더 이상 그 옛날의 목
청 큰 백이 아니었다. 그 인간은 더 큰 백이 필요했
다. 권력이 삶의 성공 여부를 결정하는 중요한 요
인이라고 굳게 믿는 그 인간은

　등산을 좋아했다. 이유 불문하고 높은 곳이 장땡
이라고 그 인간은 생각했다. 산 정상에서도 앞에
더 높은 산이 보이면, 앗? 이 산이 아닌가 봐? 하고
앞산을 기어오르기 시작했다. 씩씩거리며, 그 인간
이 밟아 죽인 개미만도 수백수천 마리. 개미 입장
에서 보면, 이게 웬 마른하늘에 날벼락…… 아니,
그 인간의 발바닥이 떨어진 셈이었다. 내가 개미였
고 당신이 그 인간이었는지, 혹은 당신이 개미였고
내가 그 인간이었는지 모를 일이지만. 아무튼, 개
미를 죽였다는 것이 나쁜 게 아니다. 그러고도 자

기 발바닥에 개미가 죽었는지 말았는지 전혀 모른
다는 게 나쁜 거다. 무지막지한 인간.

　드디어 그 인간은 단무지 공장 사장이 되었다.

　졸개는 그 인간이 부리는 공장의 일꾼이다. 그 인
간은 졸개 인생 최대 난제다. 오늘은 근로자의 날.
휴일이어야 마땅하지만, 마땅한 휴일은 없다는 게
그 인간의 지론이다. 근로자의 날에 근로자가 쉬면
소는 누가 키워? 내가 키워? 대답해봐. 내가 키울
까? 라고 했던 인간이다. 염장 무처럼 노래지는 말
이었지만, 그 인간은 갑이고 졸개는 을이다. 그래
서 졸개는 근무 중이다. 창고 뒤. 졸개가 오줌을 싼
다. 오래 참았다. 그래서인지 색깔이 노랗다. 더불
어 세상도 노랗다. 무엇이든 오래 참는다는 것은
노래지는 일이다. 하늘 별 각 개 별 땅.

　이봐. 졸개?

　아 깜짝이야. 졸개가 놀란다. 그 인간이다. 띠 로
리. 야구 방망이를 짚고 팔자 다리를 꼰 그 인간이
꽥 고함을 지른다. 졸개가 급히 볼일을 끊고 지퍼

를 올린다. 으-윽. 순간 참을 수 없는 고통이 중심
으로부터 사지로 퍼져나간다. 끼고 말았다. 아 우
라질 놈의 지퍼. 그 인간은 물끄러미 쳐다보고 졸
개는 볼일을 붙잡고 주르륵 눈물을 흘린다. 환장할
노릇이군. 알고 보면 세상엔 별 희한한 풍경도 다
있는 거다. 절로 눈물이 흘러나오는 일이 생기게
마련이다. 당신에게도, 살다 보면 말이다.

 저쪽에 있는 물량 오늘 중으로 포장 마쳐 놓고, 절
임 수조에 사카린과 빙초산 좀 더 넣엇! 단맛이 안
나잖아, 단맛이…….

 단맛에 환장한 그 인간이 야구 방망이와 함께 단
무지 공장 안을 마구 휘젓고 다니며 지시를 내린
다. 여기저기 요기조기 거기, 야구 방망이가 가리
키는 곳마다 '나는 사장 너는 졸개'가 떨어진다. 그
러더니 믿지 않겠지만, 야구 방망이를 옆구리에 척
끼우고는 절여 놓은 단무지를 향해 오줌을 갈긴다.
뭐 이상한 일도 아니다. 늘 그래 왔으니까. 그 인간
의 말에 의하면 오줌은 단무지와 궁합이 척척 맞아
서 오히려 맛이 좋아진다나 뭐라나. 그런 말도 안
되는 말을 지껄이며 졸개에게도 권유했을 때, 그래
도 이건 좀…… 하니까, 이유 같은 건 없어. 아무튼
그래. 라고 했던 인간이다. 웃긴 건, 단무지에 오줌
을 싸고부터 맛 좋다는 소문이 돌아 사세가 더욱
번창하기 시작했다는 거다. 믿거나 말거나.

그 인간이 야구 방망이와 함께 돌아가고. 망연히 단무지 공장 안을 바라보며 졸개가 서 있다. 열악하다. 코를 찌르는 듯한 역한 냄새와 위생 관념이라고는 찾아볼 수 없는 공장. 단무지에 오줌을 싸는 게 나쁜 게 아니다. 그래 놓고 그 인간은 단무지는 절대로 먹지 않는다는 게 나쁜 거다. 만들기는 만들되, 그 인간에게 단무지라는 음식은 세상에 없는 음식인 거다. 더 웃긴 건, 이따위 개 같은 공장이 우수 중소기업으로 선정되었다는 사실이다. 이를 테면, 법이 있지만 그 아래 법을 능가하는 방법이…… 해서, 지원금을 왕창 받아 똑같은 공장을 세 개나 더 짓도록 만들게 한, 또 다른 그 인간들을 뭐라 해야 할까. 그냥 존경스럽다, 할 밖에.

자기 위주로 생각하고, 자기 위주로 행동하는 그 인간은 매일 싸운다. 어렸을 땐 아무 말 대잔치로 싸웠다면 어른이 되어서는 눈앞에 보이니까 싸운다. 안 보이면 안 싸운다는 그 인간의 말이 묘하게 설득력이 있다. 즉, 세상은 넓고 싸울 일도 많은 것이었다. 이상한 건 그럼에도 불구하고 그 인간의 배가 점점 풍요로워진다는 사실이었다. 적자생존. 그 인간은 더욱 풍요로워지기 위해 이제 두리번(공장에서 기르는 개 이름)과도 싸운다. 그러니까 봉주르 하이 곤니찌와 니하오, 아이고 김 사장! 이거 정말 반갑구만, 반가워요…… 그 인간을 보고도 인사는 안 하고 눈알만 두리번거렸다는 이유에서다.
정리하자면

그 인간은, 먹고 싸고 싸우고 자고, 먹고싸고싸우고자고먹고싸고싸우고자고먹고싸고싸우고자고먹고싸고싸우고자고먹고싸고싸우고자고먹싸싸자먹싸싸자먹싸싸자먹싸싸자……이건 뭐 공해가 따로 없군. 먹싸싸자에서 돈을 왕창 벌어 명예를 사고 싶었던 그 인간은 야구 방망이를 숨기고 소를 키우러 갔다. 소? 아니, 좀 더 정확히 말하면 소에 대해서는 1도 모르는 인간이 정치를 하겠다고 국회의원 선거에 출마한 거다. 거긴 싸움에나 일가견 있는 당신 같은 인간이 갈 곳이 아니잖아. 설마가 사람 잡을 소리하고 자빠졌네. 세상에나! 제발! 했지만, 불안한 예감은 언제나 적중하는 법. 그 인간은 보란 듯이

털썩!

당선되었다. 이런 망할. 당선된 게 나쁜 게 아니다. 당선되고도 변함없이 먹고 싸고 싸우고 잔다는 게 나쁜 거다. 그리하여, 그 인간들로 꽉 채운 지구.

그 인간의, 그 인간에 의한, 그 인간을 위한 세상이 된 것이다.(*)

나를 울린 한 편의 시

역사를하노라고 땅을파다가 커다란돌을하나 끄집어내놓고보
니 도무지어디서인가 본듯한생각이들게 모양이생겼는데 목도
들이 그것을메고나가더니 어디다갖다버리고온모양이길래 쫓
아나가보니 위험하기짝이없는큰길가더라.

그날밤에 한소내기하였으니 필시그돌이깨끗이씻겼을터인데
그이튼날나가보니까 변괴로다 간데온데없더라. 어떤돌이와서
그돌을업어갔을까. 나는참이런처량한생각에서 아래와같은작
문을지었도다.

「내가 그다지 사랑하던 그대여 내한평생에 차마 그대를 잊을
수없소이다. 내차례에 못올사랑인줄은 알면서도 나혼자는 꾸
준히생각하리다. 자그러면 내내어여쁘소서」

어떤돌이 내얼굴을 물끄러미 치어다보는것만같아서 이런시
는 그만찢어버리고싶더라.

시인 '이상'이 1933년 발표한 「이런 시」의 전문
이다. '나 혼자는 꾸준히 생각하리다' 하고 중얼거
린다. 시간은 흘러갔다. 기억은 가슴에 남고 나는
그곳을 떠나 세 개의 맥주 캔과 아몬드, 건포도, 그
리고 한때의 삶을 움켜잡고 그것이 전부인 양 온
다리에 에너지를 쏟아 부었을 문어 다리를 질겅질
겅 씹으며 노트북 앞에 앉아 있다. 1985년. 이 詩
를 처음 접한 게 그 즈음이었을 거다. 1985년은 내
가 군에서 엄청난 숙제(?) 하나를 안고 제대를 했
던 해이기도 하다. 다름 아닌 고무신 바꿔 신은 여

자를 찾는 숙제였는데, 지금이야 식은 추억쯤으로 말할 수 있을 만큼 정신이 기특하게도 돌아와 있는 상태지만, 당시만 해도 살짝 정신줄을 놔버린 상태여서 눈에 뵈는 게 없었다. 공부도, 사람도 그리고 시간도.

둥실, 허공에 띄워 빙글빙글 돌며, 마치 땅으로 곤두박질치고 있는 연(鳶)과 같았던

그 아득했던 시간을 말하고자 한다. 이름까지야 밝히기 그렇고, 아무튼 청담동 언니네 집에 더부살이하면서 학교를 다니던 여자였는데, 정말이지 나른한(?) 여자였다. 뭐랄까, 그녀를 보면 수음의 뒤끝처럼 기운이 하나도 없는 게 봄볕에 나앉은 병든 닭처럼 나는 정말 나른하고도 나른했다. 예를 들면, 종로3가에서였던가? 어떤 사람들이 싸움을 하며, 이런 좆밥 같은 새끼! 하던 말을 듣고서는, 삼청공원 벚꽃 이파리 휘날리던 벤치에 앉아 내게 낮은 목소리로, 좆밥이 뭐야? 라고 묻던…… 나는 그게 거기에 낀 하얀 때를 말하는 거라고 결코 대답해 줄 수 없었다. 그냥 벚꽃 아래 나른했다. 그러나 또 어느 순간 아무것도 묻지 않았다는 듯 엄격한 선을 유지하고 은은한 숨소리를 포- 내뿜는 그녀는 나를 미치게 만드는…… 말하자면 그런 식이었다. 이렇게 표현할 수밖에 없다는 게 조금은 불만스럽다. 하지만 그 묘하고 나른했던 기억을 무슨

40

말로 어떻게 표현할 수 있을까. 어쨌거나 나는 그녀를 사랑했다. 마르고 닳도록, 굳세게.

그랬다. 나는 '굳세게'였고, 그녀는 '굳이 당신일 필요가?' 그랬는지도 모른다. 그래서였을까? 어느 날 감쪽같이 그녀가 사라졌다. 나는 군 복무 중이었고, 갑자기 소식이 두절된 연유를 알지 못했다. 아무리 편지를 써 봐도 종무소식. 나는 숨넘어갈 것 같은데 화생방 조교는, "아직 멀었습니다. 방독면에서 정화통 분리합니다!" 소리치는 기분. 수십 번의 탈영을 생각했고, 시간은 달팽이 산책처럼 아직도 그대로네……였다. 지금의 통신망에 비하면 그땐 참 엄청난 인내와 체력을 요구하던 시대. 딱 눈 튀어나올 정도의 기다림 끝에 얻은 휴가. 나는 그때 비로소 그녀의 집이 이사 갔다는 것을 알았다. 이사라니, 인류의 역사가 이사와 함께했다는 건 알겠지만 적어도 오면 온다, 가면 간다, 귀띔이라도 해줘야 하는 게 예의 아닌가. 그래야 '미세요' 문고리를 용쓰며 잡아당기다, 이런 쓰벌 '미세요'군, 하며 잊을 게 아닌가. 하여간에, 무슨 일인지, 왜? 알고 싶고, 궁금했지만 소용없었다. 그렇게 온 군대 생활을 쓰벌쓰벌 잡아당기다 어느 순간 덜컥, 밀고 제대라는 걸 했다. 제대 후, 엄청난 숙제는 그녀가 다니던 학교에서 허망하게 풀렸다. 독일로 유학을 떠났다는 소식이었다. 문득, "자-알 있거라, 나는 간다. 이별에 말도 없이……." 사람을 나른하게 하거나 당황케 하는 건 그녀의 특기였다. "너도 자위(自慰)라는 걸 해봤니?" 하고 묻던 그녀의 입술처럼. 그날 맥 빠진 걸음으로 교문을 나오다 돌아서서, "에라이, 우리나라 말도 잘 모르면서 유학은 무슨……." 그러나 내 이런 외침과는 달리 유학은 돈만 있으면 아무나 갈 수 있는, 그런 거였다. 공허했다. 나와 그녀의 학교, 그리고 시퍼런 하늘과 함께.

인생만사 새옹지마(人生萬事 塞翁之馬). 원래 다 그런 거라고, 그래서 역사는 또 흘러가는 거라고, 어떤 돌이 와서 그 돌을 업어갔을까, 괴로워하는 것보다, 자 그러면 내내 어여쁘소서 하는 게 보다 건설적인 거라고, 친구는 유식하게 위로했다. 그러면서 저 이상의 詩를 소주잔에 둥둥 띄워 내게 건네주었다. 그 잔을 홀짝거리며, 가야 할 때가 언제인지 알고 가는 이의 뒷모습은 아름답다고 했던가. 그래서 나의 청춘은 꽃답게 죽는다고 했던가. 나는 등신처럼 찔끔, 목구멍에서 넘어오는 것들을 자꾸 제자리로 밀어 넣었다. 그러나 밀리는 것들은 언제나 반발하기 마련이어서 어느 순간 역습을 감행하곤 했다. 먹었던 모든 것들을 눈으로 확인하고 나서야 나는 정신을 잃었다.

계절이 끝나갈 무렵, 이상의 「이런 시」가 실려 있는 시집을 청계천 어느 서점에서 샀다. 아마도 범조사(汎潮社)에서 펴낸 것으로 기억된다. 그 무렵에, 한옥으로 즐비했던 삼청동 총리공관 앞 어느 집에 나는 자취방을 얻었다. 굵은 은행나무가 즐비한 길을 걸어 자취방으로 돌아가다 보면 구린내가 진동했다. 어느 순간엔 구린내를 품은 은행이 머리

42

위로 떨어지곤 했다. 그것들을 밟고 온 신발의 냄
새를 지워내느라 곤욕을 치르곤 했다. 그리고 어느
날, 오리발을 닮은 은행잎을 몇 잎 주워와 글씨를
써넣었다. "자 그러면 내내 어여쁘소서"라고. 은행
잎을 시집 갈피에 꽂아두고 보니 모든 기억이 말라
가는 느낌이었다. 그녀의 냄새도, 나른함도, 당황스
러움도 잊어갈 즈음, 자취방으로 친구가 찾아왔다.
검정 비닐봉지에 소주와 안줏거리를 사들고 찾아
온 친구는 이미 혀가 꼬부라져 있었다. 녀석은

끝냈다.

뭘?

자, 마시자.

뭘 끝냈는데?

마시자니까.

알았어. 마실게. 그런데 뭘 끝낸 거냐고?

여자.

여자라면, 마타 하리? 우리는 녀석의 여자 친구
를 그렇게 불렀다. 1차 세계대전 당시 독일과 프랑

스 사이를 오가며 스파이로 활동한 마타 하리는 말레이어로 '여명의 눈동자'라는 뜻이다. 그녀는 스파이의 대명사로 불린다. 물론 녀석의 여자 친구가 스파이여서 그렇게 부른 건 아니다. 하지만 어느 정도 그녀를 연상케 하는 이유는 있었다. 이를테면, 마타 하리가 물랭루주의 무희였다면, 녀석의 여자는 올맨의 무희였다. 올맨은 그 당시 우리가 자주 가던 생맥줏집 이름이었다. 녀석의 여자 친구는 그곳에서 알바를 하던 여자였는데, 무엇보다 이국적인 눈매가 마타 하리를 닮아있었다. 동글동글한 얼굴도 그녀를 연상케 했다.

친구는 안주로 사 온 오징어땅콩 과자를 먹으며 껄껄댔다. 동글동글한 게 여자 친구 얼굴 같다나 뭐라나. 괴롭겠지만, 인생만사 새옹지마. 원래 다 그런 거라고, 그래서 역사는 또 흘러가는 거라고, 어떤 돌이 와서 그 돌을 업어갔을까, 괴로워하는 것보다, 자 그러면 내내 어여쁘소서 하는 게 보다 건설적인 거라고. 나를 위로했던 녀석의 말을 빌려 친구를 위로했다. 껄껄대던 녀석은 갑자기 킬킬거리며 웃음인지 울음인지 모를 소리로 어깨를 들썩였다. 밖에서는 무엇을 휩쓸고 가는지 바람 소리가 요란했다. 그리고 이튼 날

친구는 내가 일어나기 전 온데간데없이 사라졌고, 한동안 연락이 닿지 않았다. 몇 달 후 녀석이 휴학

계를 냈다는 소식을 다른 친구로부터 전해 들었다. 어쩌겠어, 사랑이 그렇게 생겨먹은 걸. 청춘이 그렇게 생겨먹은 걸 어쩌겠어. 싶었지만, 친구는 휴학을 취소하고 보무도 당당히 짱가처럼 나타났다. 터무니없이 아무 일도 없었던 것처럼. 그렇게

단속 없이 세월은 흘렀다.

친구는 대기업 입사시험에 합격했고, 사내연애를 했고, 그 여자와 결혼을 했고, 아이를 낳았다. 아들이었다. 녀석의 말에 의하면 부전자전, 말 더럽게 안 듣는다고 한다. 와중에도 우린 가끔 만나 술을 마시러 다녔고, 나는 녀석의 아내로부터 요주의인물로 낙인찍혔다. 조간신문과 함께 들어가는 날의 역사를 늘 함께했으니 당연했다. 녀석은 버젓이 내가 보는 앞에서 술집 여자에게 추근거리는 여전함을 보였고, 올맨의 그 마타 하리에 대하여 이야기하곤 했다. 그러던

어느 날.

다니러 간 춘천 고향 집에서 어머니께 나는 한 통

의 편지를 건네받았다. 색동 띠가 둘린 항공우편이었다. 문득, 이어도산하 이어도산하 신기루 같은. 누구냐 넌? 그녀였다. 증발한 지 꼭 팔 년이 흘렀는데, 마치 며칠 전의 일인 듯 범우주적으로 아무렇지도 않게 라인 강이니, 로렐라이 언덕이니, 중부 유럽의 정취 등을 적어 보내왔다. 아주 나른하고 당황스럽게. 물론 나는 답장을 보내줬다. 그동안 나는 결혼을 했고, 전 인류의 생존 경쟁에 뛰어들어 코피 나는 시간을 보내고 있노라고, 그 와중에도 더러는 그대 생각 꺼내볼 터이니 거기서 내내 어여쁘시라고……

자, 그러면 안녕!(*)

쿵! 하고 안드로메다

안녕하세요?

돌아보니 웬 오랑우탄같이 생긴 괴물이 내게 인사를 한다. 흠칫 놀란다. 인간이라고 하기엔 그 생김새가 지금껏 지구에서는 보지 못한 특종감이다. 세상에, 지랄도 풍년일세. 뭐 이따위로 생긴 인간이 다 있지. 생각했지만, 곧 그럴 수도 있지 뭐, 지금은 개나 소나 맨땅에 헤딩을 해야만 하는 실업의 시대를 살고 있으니까. 틈만 보이면 누구든 머리부터 들이밀고 보는 별의별 인간이 다 있는 시대니까. 그럴 수밖에. 나는 아, 네. 하고 고개를 까딱한다. 그리고 이내 고개를 돌려 눈을 감고 면접관들이 물어올 예상 질문들을 생각했다. 이를테면, 일 분 이내로 자기소개를 해보세요. 만약 지금 십억 원이 생긴다면 어떻게 할 건가요? 행복해지기 위해 자신이 실천하고 있는 것은 무엇인가요. 대략 그런 질문들이었다. 정답이란 게 있을 수 없다. 그러나 눈동자 위로 치켜뜨고 캄캄한 뇌 속을 여행해서는 안 된다. 충분히 생각하고 말할 기회 같은 건 없다. 순간의 생각으로 뱉은 말이 합격을 좌우한다. 그러니 대충이라도 예상 질문들을 미리 정리해 놓는 것이 보다 유리하다. 친구 중에 한 놈은 "올 때 뭐 타고 왔어요?"라는 면접관의 황당한 질문에 "네?"라고 했다가 "됐습니다. 다음"이라는 소리와 함께 쫓겨났다면서 니기미 씨부럴, 내가 뭐 타고 왔는지가 뭐가 그렇게 중요하냐며 대성통곡을 했다. 안타까운 일이 아닐 수 없었다. 이런저런 생각들로 긴장되는 가슴을 진정시키고 있는데 안녕하세요?

 명미? 인사는 조금 전에 하지 않았나? 어이가 없
군. 내가 뜨악한 표정으로 쳐다보자, 오랑우탄이
윗입술을 발라당 뒤집으며 씨익 웃는다. 아이 깜짝
이야. 웃는 모습이, 확실히 이 지구의 것은 아니었
다. 그런데 이건 뭐지? 살랑살랑 냄새가 밀려왔다.
시궁창 냄새보다 백배 정도 되는 고농축 냄새다.
오랑우탄의 입에서 흘러나온 게 분명했다. 심란했
다. 냄새도, 발라당 뒤집는 웃음도, 몹시. 무엇보다
심란한 것은 엄청나게 큰 누런 대문니였다. 그렇다
고 인사하며 웃는 얼굴에다 대고 화를 낼 수는 없
는 노릇이었다. 물론 오 분 전에 인사를 해놓고 또
인사를 하는 오랑우탄이 이상하긴 했다. 기분 탓
이겠지. 그럴 거야. 세상에 특이한 인간은 자고 나
면 생겨나는 거니까. 더군다나 나는 지금 골백번도
더 치른 이 입사 면접을 어떡해서든 여기서 끝장내
야겠다는 생각으로 가득했으니까. 즉 그런 거니까,
나도 다시 한 번 모른 척하고 네, 안녕하세요, 하고
응대해준다. 하지만 그것도 잠시. 오 분이 지났다.
아마도 그쯤이었을 거다.

안녕하세요?

한다. 예의 그 누런 대문니를 더 크게 드러내며 발
라당 씨익. 뭐지? 이 인간은? 바본가? 하지만 바보
라고 하기엔 입고 있는 정장이 너무 말끔하다. 더
욱이 지금 이곳은 나름 명망 있는 기업의 면접 대
기실이 아니던가. 바보가 출몰하기엔 때와 장소와
상황이 맞아떨어지지 않는다. 어떡하든 명료하고,
나갔던 정신줄도 강제 귀가시켜야 하는 상황이다.
그런데도 앤 왜 정신줄을 놓고 실실대고 있는 건
지. 좋아, 다 좋은데 그 입술 좀 어떻게 정리가 안
되겠니. 속으로 되뇌다 문득, 무언가 안도가 되는
느낌이었다. 이를테면, 적어도 한 사람의 경쟁자는
물리칠 수 있겠다는. 그래서였는지 모를 일이지만,
'지금 뭐하자는 겁니까?' 싶은 이 상황에 조금은
너그러워지는 기분이었다. 또 그래서 나는, 인사를
자주 하시네요. 하하하, 안녕하세요. 하고 응대해줬
다. 뭔가 예의를 지키며 최선을 다했다는 뿌듯함이
밀려왔다. 오랑우탄은 그런 나를 지긋이 바라보더
니 뜬금없는 애기를 건넸다.

친절한 분이시군요. 제안을 하나 해도 되겠습니까?

애가 뭐래니? 무슨 제안? 나는 우두커니 그를 바
라봤다. 사람들에게 왜 사느냐고 묻는다면 답은 천
차만별일 것이다. '누가'로부터 시작해 '어떻게'로

의 관점 변화는 내 오랜 숙제 중에 하나다. 그게 왜 사느냐는 물음의 실마리라고 믿었기 때문이다. 물론 지금 이 판국에 그런 고급진 철학에 사색을 더할 상황은 아니었지만, 어쨌거나 그 순간 제안이라는 말이 어떤 숙명처럼 다가왔다. 만반의 준비를 하고도 결정적인 순간에 삐끗하면 하염없이 지붕만 바라보는 대참사가 벌어지고 만다. 고로 그 어떤 것의 작은 실마리에도 집중할 수밖에 없었다. 그런 의미에서 본다면 오랑우탄의 제안이란 말은 득이면 득이지 해는 아닐 거라는 생각이 들었다. 이를테면, 지금 밑도 끝도 없이 눈앞의 오랑우탄이 그 '누가'라는 단어를 내게 던진 것일지도 모른다는 생각. 대체 무슨 제안을 한다는 것일까? 멀뚱거리고 있는데, 오랑우탄이 또다시 발라당 씨익 웃는다. 고농축 냄새가 밀려왔다. 아이 쓰벌.

당신의 인생을 사고 싶습니다. 그래도 되겠습니까?

 뭔 개소리신지, 싶은 표정으로 그를 바라보는데, 연봉은 십억. 입사 서류 같은 건 필요 없습니다. 대신 저와 함께 등산을 해야 합니다. 그리곤 불쑥, 이건 한 달 치 선불입니다. 일종의 계약금 같은 거지요. 하고 봉투를 건넨다. 성질도 급하셔라. 그런데 뭐라고 하셨나? 십억? 이게 말이 돼? 무엇보다 십억이란 말이 귓구멍을 지나 가슴으로 철퍼덕 떨어졌다. 너 뭐야? 혹은 사기를 쳐도 좀 적당히. 날 뭐

로 보고. 아무리 그래도 십억은 너무 많잖아. 뉘 집
애 이름도 아니고. 왜 내게 이런……. 무엇보다 십
억이면 우리 엄마, 행복해질 수 있겠다. 지금은 돈
이면 장땡인 시대니까. 그런데 이유가 뭐야? 하여
간 그 순간 별의별 생각이 다 들었다. 이유는 없습
니다. 그냥 능력보다 인성을 더 중요하게 생각하는
제 취향이라고 해두죠. 어떻습니까? 하고 묻는다.
그제서야 그의 손에 들린 봉투가 눈에 들어온다.
앞뒤 가릴 때가 아니다. 덥석.

뭐든지 하겠습니다.

　그래서 산을 오른다. 입사 조건이 산을 오르는 일
이란 게 이상하긴 했지만, 연봉이 십억인데 못 할
이유가 없다. 더군다나 자기앞수표로 일억이라는
돈을 선불로 받지 않았는가. 하도 의심스러워 수
표 조회까지 했다. 그럼에도 이 상황이 믿기지 않
는다. 기분 탓이겠지. 그럴 거야. 그러거나 말거나
이 무지막지한 계약을 하고도 앞서서 태연히 산을
오르고 있는 저 오랑우탄은 대체 뭘 하는 인간일
까. 궁금하다. 몸살 나게 궁금했다. 하지만 물어볼
수 없었다. 산이 점점 높아지고 경사도가 심해 대
화를 나눌 상황이 아니었다. 내 몸 하나 건사하기
가 이리도 버거운 일인 줄 예전엔 미처 몰랐다. 산
짐승들이 왜 네발로 다니는지 단박에 이해가 됐다.
그런 나를 돌아보던 오랑우탄이 나이를 묻는다. 아

싸, 호랑나비. 겨우 중심을 잡고 나이를 말해줬더니 그럼 지금부터 말을 놓겠다며 자기는 백마흔한 살이라고 했다. 지랄. 어디서 그런 개구라를. 그렇다 치고, 지금 그게 중요한 건 아니니까.

저기 사장님(오랑우탄님이라 부를 수는 없잖아.)…… 헉헉, 지금 우리 어딜 가는 건가요?

내 이름은 와따부터따일세 그리고 나는 사장이 아닐세. 그냥 영업 사원일 뿐이라네.

헉헉, 영업 사원이요? 뭘 파는 건가요? 허억 허억.

나쁜 인간은 남기고, 좋은 인간들을 영입해서 안드로메다로 보내는 일이지. 우린 지금 안드로메다로 가는 중이라네. 시간이 흐를수록 지구에는 나쁜 인간만 남게 될 걸세.

나쁜 인간이 남든지 말든지 그런 지구 따위엔 1도 관심 없고요. 그런데 헉헉, 안드로메다요? 거기가 어디입니까?

안드로메다 모르나? 지구가 속해 있는 은하에서 가장 가까운 은하 말일세. M31 혹은 NGC224라고도 부르지.

헉헉, 이 양반 지금 뭐래? 헉헉, 안드로메다라니! 헉헉, 태양 빛이 그 먼 거리에서 지구에 닿기까지 고작 팔 분이 걸린다. 헉헉, 그런데 이 지구에서 이백오십만 광년이나 떨어져 있다는 그 안드로메다? 인류 조상인 오스트랄로피테쿠스가 막 직립 보행을 하려할 때, 별에서 출발한 빛을 지금에서야 본다는 바로 그 안드로메다? 헉헉, 어이가 없었다. 농담이겠지. 그럴 거야. 그러나 곧, 안드로메다면 어때, 연봉이 십억인데. 하악-하악.

  산 정상에 이르렀을 때는 사방이 어두워져 있었다. 그리고 정말이지 여긴 어디? 싶게 이제껏 봐왔던 주위 환경과는 판이한 곳에 서 있음을 느낄 수 있었다. 너무 많은 별이 쏟아져 오는 듯했고, 그걸 바라보고 있자니 이곳은 커다란 돔 속이 아닐까 싶은 착각도 들었다. 마치 거대한 우주선에 들어앉은 기분이었다. 힘들었지만 올라와 보니 기분은 좋네요. 쏟아지는 별에다 고개를 처박고 내가 말했다. 그런 나를 돌아보던 오랑우탄이 오른손을 들어 한 곳을 가리켰다. 그리고 말했다. 우리는 저곳으로 가야 하네. 자, 이제 내 손을 잡고 눈을 감게. 아주 잠깐 눈을 감았다 뜨면 안드로메다에 도착해 있을 걸세. 그럴 리가. 말이 되는 소릴 하세요. 하지만 곧, 말이 안 되면 또 어때. 연봉이 십억이라잖아. 나는 천천히 눈을 감았다. 감고 나니 기분 좋은 바람이 불어와 얼굴을 훑고 지나가는 듯했다. 그런데 어떤 의미였을까? 이유를 알 수 없는 눈물이 천천히 볼을 타고 흘러내렸다. 그리고 곧 나른해진

몸이 둥실 어디론가 흘러가는 느낌이다 싶은 순간 쿵, 하고 무언가에 부딪치는 소리를 들었다. 별과 별이 부딪쳤을 법한, 웅~하는 울림이 귓구멍으로 들어와 뇌를 흔들었다. 아프다. 눈을 뜬다. 어디서 많이 보던 벽지가 눈에 들어온다. 꿈인가? 설마. 그럴 리가. 천천히 제정신이 돌아온다. 꿈이다. 그리고 침대에서 떨어져 이불을 부여잡고 방바닥에 널브러져 있는

나를 발견한다.

부딪친 별을 아니, 머리를 문지르며, 화장실로 가려던 걸음을 멈춘다. 우두커니 서서 식탁을 바라본다. 식탁 위에 오방색 식탁보가, 또 그 위에 쪽지가. 쪽지를 읽는다.

아들!

어제는 엄마가 미안해.

네 아버지 돌아가시고 지난 16년 동안

너 하나 바라보고 살았던 시간이 울컥 올라왔나 보다.

대학 졸업만 시키면 모든 게

해결될 거라 생각했는데, 다만

수년이 지났음에도 아직 취업을 못 해

늦잠과 일가를 이룬 너를 봐야 하는

엄마 심정을 네가 좀 이해해주렴.

해마다 60만 명에 달하는 대졸자가

사회로 쏟아져 나온다는 네 말은

정말이지 비극 아닌 비극이구나.

그래도, 아들!

힘을 내주길 바란다.

밥상 차려놓았으니까 밥 먹고

오늘 입사 면접 있는 날이지? 물론

최선을 다하리라 믿지만, 그래도 또

노력해주면 좋겠구나.

정장은 세탁소에서 찾아다 놓았고

넥타이와 와이셔츠는 다려서 건조대에 걸어놓았
다.

엄만 일하러 나간다.

그럼 저녁에 보자.(*)

도원 桃源

폭설이었습니다. 살찐 눈송이들이 세상을 향해 쏟아지고 있었어요. 모든 게 완벽했어요. 그날 어떤 이는 카스테레오 볼륨을 한껏 올리고 자라목을 끄덕거리며 내 옆을 스쳐 지나갔고, 어디선가 빵 굽는 냄새가 고소하게 흩어졌어요. 거리엔 있어야 할 것들이 자리를 지키고 사람들을 먹었다 토해내고 토해진 사람들은 또 어디론가 흘러갔지만 나는 먹히지도 토해지지도 않은 채 그 세상 어딘가에 걸려 있었다는 생각을 지울 수가 없었어요. 그날 뽀드득 밟히는 눈들 속에 하얗게 질린 눈을 아무도 발견하려 하지 않았어요. 노숙자가 얼어 죽었고 그걸 치우는 공무원들은 "아 재수 없어. 이 미친 새끼는 왜 여기까지 와서⋯⋯." 하며 불만 섞인 말을 중얼거렸어요. 이상했지만 아무도 이상해하지 않았어요. 모든 눈이 함부로 밟혀 그 도시 가장 어두운 곳으로 쓸려가며 비명을 질렀지만, 그냥 눈 밟히는 소리는 원래 그래, 라고 생각했던 거겠지요. 모두 나만 아니면 그래도 된다는 생각이었던 거겠지요. 언젠가 눈들이 당신을 덮칠 거라는, 잠시 그런 생각을 했었어요. 그게 오늘일지도 모른다는 생각을 하며 걸어갔어요. 하얗게 지워져 가는 세상을 바라보면서 내가 걸어온 삶도 그렇게 지워져 버렸으면⋯⋯ 턱도 없는 일이겠지만, 아무튼 말이에요. 눈들이 새로운 세상을 만들어 가는 동안 문득

그래요. 술을 많이 마셨다는 것까지는 기억해요. 개인파산신청을 하려고 법원을 가던 중이었지요. 비참했어요. 저도 알아요. 이제 겨우 스물여덟. 젊디젊은 나이에 파산신청이라니요. 어떻게 이따위 인생을 시작한 거지? 꽃다운 청년의 삶이 이래도 되는 건가? 이건 말도 안 된다. 하지만 말이 안 된다고는 하지 말

아줘요. 빚부터 짊어지고 출발한 것도 그렇지만, 세상을 향해 아무리 두드려도 열리지 않는 문은 정말이지 폭탄이라도 설치하고픈 심정이었어요. 암담했다고나 할까요. 그러니까 아무리 말이 안 되는 것도 말이 돼야 하는 삶이 있는 거라고. 즉 세상엔 말이에요. 그래도 이해를 못 하시겠다면

대략 난감…… 그냥 웃고 말지요.

달리 방법이 없었어요. 생각해보세요. 원금은 고사하고 버는 것보다 꼭 한 배가 많은 이자를 무슨 수로 감당하겠습니까. 사람이 궁지에 몰리면 별생각을 다 하게 되더라고요. 하다못해 벼락 맞을 확률보다 낮다는 복권에다 '정신일도하사불성' 모든 사활을 걸기도 하고, 사돈에 팔촌까지 알고 있는 모든 얼굴을 떠올리며 돈을 빌릴 방법만을 생각하게 되더라고요. 그리고 종내에는 어디 은행이라도 털어버릴까, 아니면 아무도 모르는 곳으로 숨어버릴까, 그것도 아니면 모진 목숨 확 끊어버리고 말아버릴까, 하는 극단적인 생각까지 하게 되는 거지요. 어이없다고는 하지 말아주세요. 아무리 어이없는 생각도 씩씩하게 어이 있는 생각으로 뒤바뀌는 삶도 있는 거니까. 즉 세상엔 말이에요. 그래도 어이없다 하시면

캐안습…… 그냥 웃고 말지요. 물론

아무리 생각해도 그런 건 해결책이 아니라는 결론. 좀 더 건설적인 방법을 찾아보자. 그래서 생각해낸 방법이 차라리 완전하게 파산신청을 해버리자. 그게 보다 합법적인 방법이라고 생각했어요. 어떡하다가 그 지경까지 이르게 되었느냐고 묻지 마세요. 버스 떠난 뒤 먼지만 폴폴 날리는 뒤에다 대고 자초지종을 늘어놔 본들 무슨 소용이 있겠어요. 아무튼 종합적으로 정리해서 말하자면, 나는 젊디젊은 나이에 잽싸게도 망한 거예요.

으—헐.

법원 앞에서였을 거예요. 나는 잠시 멈춰 섰고 크게 심호흡을 했어요. 그때였어요. 콱 주저앉아 있던 하늘이 엉덩이를 훌떡 까고 희끗희끗한 눈발을 쏟아냈어요. 가벼운 눈송이 하나가 아스팔트 위로 내려앉더니 흔적도 없이 사라지더군요. 자꾸만 사라졌어요. 제 목숨 녹아 없어지는 줄도 모르고 땅으로 곤두박질치는 눈들을 멍청히 바라보다가 돌연 파산신청을 내기 위해 법원으로 가려던 발길을 돌렸어요.

글쎄요…… 무슨 기발한 생각이 떠올랐던 건 아니고요, 지금은 아니다. 그러니까 조금 더 생각해 보기로 하자. 오늘은 그냥 조금씩 굵어지는 저 눈들을 따라가 보자고. 에라 모르겠다. 될 대로 돼보세요. 순간 생각했던 거예요. 모르겠어요. 점점 더, 저 눈발이 굵어져서 세상을 지우고 순백의 설원 위에 다시 한 번 똑바로 첫발자국을 찍어보자고 문득, 그러니까 느닷없이 그런 생각을 했던 건지도 몰라요. 하지만 그게 과연 될까? 사실 그 도시 어디에도 첫발자국 찍을 만한 곳은 없어 보였거든요. 얼마나 경

쟁을 부추기는지, 그래서 동작들은 또 어찌나 빠른지. 아무리 꼭
두새벽에 나가보아도 이미 소발바닥 말발바닥 개발바닥…… 발
자국 천지라는 걸 알까 모르겠네요. 킥킥.

  아 죄송해요. 저도 모르게 웃음이…… 어? 눈물이네요. 웃고 있
어도 눈물이 난다는 기분이 이런 거군요. 아이 참. 제가 어디까
지 말했죠? 미안해요. 콧물까지 나오네요. …… 아무튼 그래서
눈을 따라 무작정 걷고 또 걸었어요. 한 떼의 소녀들이 지나가며
자기들끼리 말했어요. 너는 꿈이 뭐냐고 그랬더니 한 소녀가 그
걸 왜 걱정해 넌 얼굴이 이쁜데. 그거면 다 되는 거 아니니. 하고
자신들의 삶을 결정지으며 깔깔거렸어요. 눈길에 미끄러진 사람
이 소녀들을 이끌고 서둘러 술집으로 들어갔고, 접촉 사고를 낸
사람들이 법을 따돌리고 도망가는 것을 보았어요. 눈이 쌓이자
제설차는 염화칼슘을 뿌리며 지나갔어요. 모두 이상했지만 아무
도 이상해하지 않는 그 도시의 길은 곧 눈물범벅이 되어 아스팔
트 위로 흘러내렸어요. 중산층이 무너지고 사회 양극화가 더욱
심해지고 있다는 뉴스를 본 건 청량리역 대합실에서에서였어요.
별반 뉴스거리도 안 되는 얘기를 마치 신선한 충격인 양 떠들어
대는 걸 보고 있자니

  에라, 이거나 먹어라.

  팔뚝을 올려 까며, 나도 모르게 욕지기가 튀어나왔어요. 사실
말이 나왔으니 하는 얘기지만 중산층이 무너지고, 부익부 빈익

63

빈 악화일로로 치달은 게 어제오늘 일이 아니잖아요. 그걸 마치 오늘 발견한 것인 양 떠들어대는 저 인간들을 어찌해야 될까요? 문득, 아무 상관없는 사람을 보고도 살인의 충동을 느낄 수도 있는 거구나 생각했어요. 인간은 언젠가 말 때문에 망할지도 모른다는 생각이 들었어요. 말은 그러면 안 되잖아요. 인간과 인간 사이를 이롭게 하려고 생겨난 말이 그러면 안 되는 거잖아요. 어쨌거나 중산층이 박살나고 있든지 말든지 내겐 이미 먼 나라 얘기처럼 아득하게 들렸어요. 눈을 따라오면서 홀짝거리듯 마신 술이 알딸딸하게 젖어왔거든요.

기차를 탔어요. 객차와 객차 사이, 이쪽과 저쪽, 어느 한 곳으로도 편재되지 못한 채 쭈그리고 앉아 다시 술을 마셨어요. 문밖으로 눈발이 휘어졌어요. 마치 메갈로폴리스를 떠나 안드로메다로 향하는 은하철도 999의 창밖처럼, 휘어지는 눈들이 별처럼 빛난다고 생각했어요. 별처럼 빛나는 눈들이 어딘가로 끝없이 달려갔어요.

그런데 혹시 그거 아세요? 향하고자 하는 발걸음과 가야 하는 발걸음이 다를 때, 나도 모르게 흘러나오는 웃음 같은 거…… 그래서였을까요? 나는 달리는 기차 난간에 쭈그리고 앉아 반쯤 의식이 나간 상태로 안드로메다…… 안드로메다…… 하고 중얼거렸던 거 같아요. 다시 저 참혹한 메갈로폴리스로 되돌아가고 싶지 않았던 거예요. 그리고 어디쯤에선가 나는 몸을 던진 거예요. 눈발이 쏟아지는 그 허공 사이로……

그다음부터는 기억이 나지 않아요. 그리고 지금 여기⋯⋯ 내가
떠나온 도시의 계절과는 전혀 다른 여기⋯⋯ 봄 같은

이곳은 어디인가요?(*)

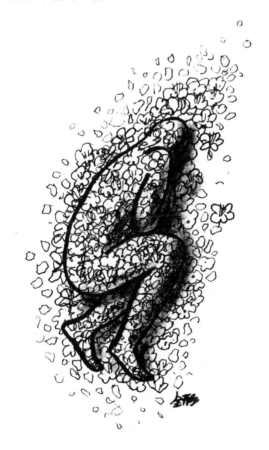

별이 쏟아졌다

길을 잘못 들었다. 전방에 유턴하세요. 내비게이
션 속의 여자가 말한다. 무시하고 그대로 달린다.
다시금 여자가 유턴하라고 책망하듯 다그쳤다. 갓
길에 차를 세운다. 허리를 짚고 이리저리 목을 움
직여본다. 그리고 그는 담배를 피워 문다. 깊게 들
이켠 연기를 길게 뱉어내며 전방을 주시한다. 일차
선의 도로가 뱀처럼 산 쪽으로 뻗어 올라가있다.
어딘가에 머리를 숨기고 있다. 뒤를 돌아본다. 지
나온 길이 맥없이 풀어진 채 한숨을 뱉고 있다. 무
언가 억울한 기분이다. 확실히 그런 기분이다. 다
시 운전석에 앉은 그는 내비게이션의 전원을 꺼버
린다. 다그치던 여자가 띠로리~ 하는 비명소리와
함께 죽는다. 어차피 목적 없이 나선 길이었다. 다
만 바다가 보이는 모텔이라도 들어가 삐걱거리는
삶을 원경에 올려놓고 무엇이 문제였는지 지긋이
관조해보자 싶은 생각이었다. 목적지를 구룡포 어
디쯤 아무 주소나 넣었더니 주소를 먹은 여자가 제
포로인 양 컨트롤을 한 거였다. 바다가 아니면 어
떤가. 어디든 마음 가고 눈길 가는 곳으로 가면 되
는 거 아니겠나. 인생이 극도로 불투명해지는 순간
을 지나다 보니 사소한 것에도 민감하게 반발심이
튀어나온다. 아무튼

유턴을 무시한 그는 뱀의 대가리 쪽을 향해 그대
로 직진한다.

오른쪽으로 핸들을 꺾고 다시 왼쪽 다시 오른쪽 왼쪽…… 내비게이션 속의 여자가 죽자 이젠 구부렁길이 그를 컨트롤했다. 그렇게 얼마나 달렸을까. 겨우 고개를 넘어가니 뱀 대가리를 건너뛰고 뱀 혓바닥 같은 두 갈래 길이 나타났다. 침을 튀겨 갈 길을 정할 수도 없고. 이것 참…… 하다가 문득 '숲속에 두 갈래 길이 있었고 나는 사람이 적게 간 길을 택했다고 그리고 그것 때문에 모든 것이 달라졌다'던 시구(詩句)가 생각났다. 그런 이유로 그는 오른쪽으로 핸들을 틀었다. 그는 왼손잡이였다. 왼손으로 밥을 먹었고, 왼손으로 글씨를 썼으며 심지어 악수할 때도 왼손을 내밀곤 했다. 오른쪽이 보편화된 세상에서 늘 왼쪽을 고수하던 그가 오른쪽을 택한 건 뜻밖이다. 익숙지 않은, 좀 더 좁고 불편한, 가지 않은 길. 그것을 택함으로 모든 것이 달라지고 싶은, 무려 그런 생각이 들었던 까닭이다.

길은 점점 좁아졌다.

그리고 마침내 포장도로가 끝나고 비포장도로가 이어졌다. 잘못된 선택이었구나 생각이 드는 순간엔 너무 깊숙이 들어와 있었다. 차를 돌리기엔 마땅치 않은 협소한 길 탓을 하며 조금만, 조금만 더, 그렇게 들어온 것이 산속 깊은 곳까지 왔다는 느낌이다. 그렇게 다시 얼마간을 더 갔을까. 길이 끝나는 지점, 그러니까 자동차가 더 이상 들어갈 수 없는 그곳에 드넓은 공터가 나타났다. 자동차 두 대 정도의 주차 공간이었지만 지금껏 들어온 길 폭에 비하면 드넓은 공간이라 할 만했다. 그는 차를 세우고 밖으로 나왔다. 그리고 엄마야! 싶었다. 눈앞에 펼쳐진 풍경이 실로 장관이었기 때문이다. "누구의 주제런가 맑고 고운 산 ♬"노래가 절로 흘러나왔다.

 망연히 서서 산 아래를 바라보다 돌아서려는데 공터 뒤쪽으로 햇빛을 받아 반짝거리는 소로가 눈에 들어왔다. 바랜 색들로 어우러져 나풀거리듯 산 쪽으로 더 들어간 좁은 길. 자석에 끌리듯 그 길을 따라 올라갔다. 오후 4시가 조금 넘은 시간이었다. 어딘가에 숙소를 정하고 저녁을 먹으려면 돌아내려가야 했지만 그럴 수가 없었다. 한 시절 푸르렀던 녹음이 다시금 가슴 저린 빛으로 타오르는 광경에 넋이 나가 좀처럼 그 길을 벗어날 수가 없었다. 오 세상에! 연발하며 20분 정도를 걸어 들어가자 거짓말처럼 오롯이 집이 나타났다. 거기에 집이 있을 줄 누가 상상이나 했겠는가. 뭐랄까, 누구나 지을 수 있는 귀틀집의, 누구도 쉽게 가질 수 없을 집처럼 보였다고나 할까. 어쨌거나 철퍼덕! 한 폭의 그림이 이 지구상으로 내려앉았다고밖에 달리 표현할 방법이 없었다.

 귀틀집은 왼쪽으로 한 채, 그리고 오른편 안쪽으

로 한 채. 그렇게 두 채였다. 왼쪽과 오른쪽 사이에
는 조그만 계곡이 있었고, 계곡을 가로지르는 나무
다리가 두 집을 연결하고 있었는데, 왼쪽보다는 오
른쪽이 좀 더 큰 집이었다. 그 옆으로는 어딘가로
이어진 산책로가 보였다. 그리고 그 순간 불쑥 꺾
여 들어간 산책로 사이에서 흰빛이 튀어나왔다. 역
광에 반사된 흰빛은 하늘하늘 집 쪽으로 다가왔다.
그러나 곧 그게 사람이라고 판명되는 순간 그는 자
기도 모르게 아! 하는 비명을 토해냈다. 흰색의 원
피스를 입은 여자였는데 그 걸음걸이가 왠지 모를
나른함이 묻어 있었다. 뭐랄까, 삶의 저편에 뭉쳐
있던 한숨 같은 것이 한꺼번에 토해지는 기분이랄
까. 여자는 걷던 걸음을 멈추고 우두커니 서서 자
신을 바라보던 그를 힐끗 쳐다보더니 이내 오른편
의 집으로 사라졌다.

어떻게 오셨소?

어느 결인지 곁에 노파가 다가와 있었다. 화들짝
놀란 그는 노파를 바라보다 엉겁결에 그냥 왔는데
요? 하고 말했다. 그의 대답이 어이가 없었는지 노
파는 그냥? 그냥이란 말처럼 무책임한 말이 어디
있누. 그 말이 듣는 사람한테 얼마나 많은 생각을
하게 하는지 알고는 있소? 그가 멋쩍게 웃었다. 그
런 그를 가만 쳐다보다가, 웃기는…… 따라 오소.
그러더니 휘적휘적 앞서 걷기 시작했다. 그리곤 방

금 여자가 사라진 오른편 집으로 들어가더니 방문 하나를 열고는, 이 방을 쓰도록 하소. 하고는 사라진다. 다소 황당한 상황이 아닐 수 없었다. 동그마니 노파가 사라진 쪽을 바라보다 열어놓고 간 방안을 둘러본다. 아늑한 공간이다. 한 세월 몽땅 잊고 살아도 좋을 만큼. 어차피 어딘가에 숙소를 잡아야 할 처지긴 했지만, 창졸지간에 숙소가 정해지고 보니 피식 어이없는 웃음이 나왔다. 아무튼

그렇게 들어간 귀틀집의 구조는 다음과 같았다. 중간에 식당과 같은 홀이 있었고, 홀 이쪽으로 두 개의 방이, 저쪽으로 한 개의 방이 각각 있었다. 그리고 가장자리로 긴 복도가 홀과 세 개의 방을 연결하고 있었다. 홀에는 긴 탁자와 나무난로 주방 시설이 있었고, 이쪽과 저쪽에 각각 불을 때는 아궁이가 있었다. 세 개의 방이 모두 같은 구조인지는 모르겠으나 노파가 그에게 쓰라던 방은 세 평 남짓한, 다락이 딸린 방이었다. 다락과 방은 막힌 공간이 아니라 트인 공간으로 몇 개의 계단을 밟고 올라가면 되는 선반 같은 공간이었다. 다락에는 쪽 창이 있었는데 그곳으로 들어오는 전경이 가히 무릉도원 다름 아니었다.

똑똑똑. 똑똑. 똑똑똑.

쪽창 밖을 바라보다 까무룩 잠들었나 보다. 방문 두드리는 소리에 화들짝 일어나 보니 쪽창 밖은 이미 짙은 어둠이 드리워져 있었다. 대답을 하고 계단을 내려가는데 식사를 하라는 노파의 목소리가 문밖에서 들린다. 문을 열고 나왔으나 노파는 이미 사라지고 보이지 않았다. 복도를 따라 식당으로 들어서려다 주춤 걸음을 멈추었다. 여자였다. 역광을 받고 나타났던 원피스의 여자가 밥상을 마주하고 앉아있다. 여자가 돌아다본다. 그와 여자의 시선이 마주친다. 그 순간 무슨 일인지 길을 따라왔던 그의 절망들이 여자의 거울인 곳에 붙들렸다. 낯선 여자의 얼굴에서 그의 지난 시간들이 뒤섞여 덜컹 덜컹 소리를 내는듯한 환각에 사로잡혀 그는 망부석인 양 서 있었다.

대디! 안녕하세요. 준호예요. 우리는 여기서 행복해요. 대디! 이렇게 메일을 보내는 건 알려드릴 게 있어서예요. 엄마에게 새로운 남자가 생겼어요. 저도 엄마의 새로운 남자가 마음에 들어요. 그는 돈이 많아요. 그동안 대디가 보내주는 생활비로는 많이 어려웠어요. 대디에겐 미안한 일이지만 엄마도 저도 어쩔 수가 없었어요. 우리는 한국으로 돌아가지 않을 거예요. 엄마가 전화번호를 바꾼 이유는 바로 그 때문이에요. 대디! 우리는 그냥 여기서 행복할 거니까 대디도 한국에서 행복하세요. 그럼 안녕히……

PS. 이제 생활비는 안 부쳐도 된다고 엄마가 그랬어요.

 아들을 데리고 조기 유학을 떠난 아내는 그렇게 아들을 앞세워 지구 반 바퀴나 되는 거리에서 뒤통수를 후려치고, 그러니까 '나 돈 많아요'를 찾아 떠나갔다. 실로 첨단 시대의 정수를 보여줬다 할 수 있겠다. 분하지도 슬프지도 참담하지도 않았다. 다만 가여웠다. 쓸데없이 야동을 보며 지새웠던 밤들이 가여웠고, 지구 반 바퀴는 감았을 법한, 똥이 되어 나간 라면발이 가여웠다. 횡- 한 점 바람이 고요한 나무의 살점을 긁고 간다. 깜깜함이 우수수 일어나는 소리. 파닥파닥 숨을 고르는 소리. 소리들이 가라앉는다. 그리고 윙- 하는 공명처럼 앉아 있는 저 여자. 모쪼록 그래서 망연한 표정으로 서 있는데

앉으세요.

 조용한 어조로 여자가 말한다. 깜짝, 정신을 차리고 그가 주춤 여자 앞 대각선 쪽에 앉는다. 각종 나물 반찬 그리고 된장찌개. 한눈에 봐도 먹음직스럽다. 묘한 정적 속에서 여자와 그가 밥을 먹는다. 노파는 어디로 사라졌는지 보이지 않는다. 먼저 식사

를 끝낸 여자가 그릇들을 개수대에 넣고 설거지를 한다. 설거지가 끝날 즈음 그가 식사를 마친다. 그가 먹은 빈 그릇들을 여자가 치우려 하자 놀란 그가 만류한다. 그러나 개의치 않고 그릇들을 치우며 여자가 하얗게 웃는다. 그리곤 이내 설거지를 시작한다. 그가 쭈뼛거리며 미안해서…… 라고 말끝을 흐리자 여자는 다시금 괜찮다며 하얗게 웃는다. 그 웃음이 어딘가 모르게 사람을 마비시키는 노곤함이 묻어 있다고 그는 생각한다.

이상한 곳에서 예상치 못한 상황을 황망하게 만나고 보니 아무것도 챙기지 못했다. 칫솔이나 세면도구 등을 가지러 다시 차를 세워두었던 곳을 다녀와야 하나, 짧지 않은 거리였으므로 잠시 고민하다가 그는 산을 내려가기 시작했다. 텅 빈 방 안에 객쩍게 앉아있는 것도 그렇고 무엇보다 트렁크에 실어두었던 소주와 주전부리들이 생각났기 때문이었다. 야행성의 생물들이 깨어나는 시간. 은밀히 움직이는 소음들과 이따금 불어오는 바람이 온몸을 경직시켰다. 왔던 길을 되돌아가는 시간. 나무와 나무들이 부대끼는 어둠 한가운데를 가로지르며 그는 빛을 생각했다. 어둠 속에서도 어둠 속이라는 사실을 자각하지 못할 빛. 그게 가족이라는 울타리 아니던가. 모진 시간들이 함께 얽히고설켜 끝끝내 발광하는 빛. 그 순간 빛이 굴절되는 소리가 그러했을까. 방향을 꺾은 돌멩이가 위치를 벗어나 길 밖으로 구르는 듯한 소리에 그가 걸음을 멈춘다. 그리고 캄캄한 어둠 속을 응시한다. 가물거리듯 흔들리는 불빛. 암흑을 뚫고 시공을 건너오는 것 같은 작고 여린 빛. 자박자박…… 그것은 인기척이 틀림없었다. 점점 다가오는 인기척을 마주하고 굳은 표정으로 어둠 속에 서 있는데, 빛이 먼저 다가와 그를 훑는다.

아 누구인가 했는데…… 놀라셨나 봐요?

네, 조금…… 그런데 어디를………….

저기 언덕 위…… 별 보러 가는 중이에요.

별이요?

그 여자다. 한 손엔 랜턴, 다른 한 손엔 깔개가 들려져 있다. 별이라니. 이 밤에 무섭지 않으냐고 그가 묻는다. 여자가 괜찮다고 대답한다. 그리고 무언가 더 할 말이 있는 듯 머뭇거리다가 이내 그럼…… 하고 걸음을 옮긴다. 그의 옆을 스치는 여자에게서 국화꽃 향기가 훅 끼쳐온다. 그 때문이었을까? 그는 박힌 듯 서서 여자를 바라보았다. 더듬거리듯 장님처럼 걸어가는 여자의 뒷모습에서 알 수 없는 여백이 떠올랐다. 여자의 랜턴 빛이 천천히 캄캄함 속으로 빨려들어 간다. 그리고 어둠과 물아일체가 된 듯 그가 서 있다. 따라가 볼까. 그래서 뭐? 어쩌려고? 복잡한 생각들이 길바닥으로 엎

질러진다. 생각해봐도 이건 아니지 싶다. 겨우 돌아서서 몇 걸음을 걸어갔을까? 저기요…… 기연가미연가 바람을 타고 오는 미세한 소리가 들렸다. 환청인가? 두리번거리는데, 저만치 되돌아온 여자가 같이 가지 않으실래요? 하고 그에게 묻는다.

  유성우가 오는 날이라고 했어요. 들고 온 자리를 깔고 앉으며 여자가 말했다. 같이 가자는 말에 따라오긴 했지만 옆에 앉기도 어색한 처지라서 멀뚱하게 서 있는데, 그건 뭐예요? 들고 있는 검정 비닐봉지를 가리키며 여자가 묻는다. 술인데요. 정말요? 여자가 반색한다. 드실래요? 너무 좋죠. 그가 묻고 여자가 대답한다. 그런데 컵이 없어요. 뭐 어때요 한 병씩 들고 마시면 되지요. 그가 봉지를 내려놓고 그 옆에 앉는다. 술이 있어서 다행이다 싶다. 술병 하나를 따서 여자에게 건넨다. 여자가 어둠 속에서 또 하얗게 웃는다. 예쁘다. 그도 술병을 딴다. 그렇게 말없이 하늘을 보며 그와 여자가 술병을 비워간다. 술이 반병쯤 비워졌을 때였다. 별이 빛나는 건 자기만의 이야기를 가지고 있기 때문이라고, 그래서 긴 이야기를 주고받지 않아도 그 빛만으로도 느낄 수 있다고 여자가 중얼거리듯 말한다. 그가 별을 응시하던 시선을 거두고 여자를 바라본다. 그의 시선을 아는지 모르는지 여자는 마냥 별을 보며 술을 한 모금 들이킨다. 각자의 술병을 비우고 나머지 한 병을 주거니 받거니 나눠 마실 때까지 서로에 대하여 침묵한다. 침묵으로도 충분히 모든 걸 알 수 있다는 듯이. 그리고

취기가 오른 여자가 낮은 목소리로 노래를 하기
시작한다. 두 다리를 오므려 깍지를 끼고 앉은 자
세로 별을 쳐다보며 노래를 한다. 취기가 담겨 있
었으나 맑고 또렷한 음색이다. 그대여 아무 걱정하
지 말아요. 우리 함께 노래합시다. 그대 아픈 기억
들 모두 그대여. 그대 가슴에 깊이 묻어버리고, 지
나간 것은 지나간 대로 그런 의미가 있죠. 떠난 이
에게 노래하세요. 후회 없이…… 거기까지였다. 더
는 참을 수 없었다. 다음 가사를 이어가기 전 그는
자신의 입술로 여자의 입을 막았다. 무슨 이유였
는지 모르겠다. 그냥 여자의 그 노래를, 그 입술을,
가슴 저 밑바닥을 차고 나오는 그 모든 울림을 안
아주고 싶었다. 돌발적으로 움직여버린 행동에 스

77

스로 놀란 그가 정지된 사람처럼 멈춰 있다. 미안
해요…… 나는 그냥…… 그 순간, 기다렸던 것일
까. 여자가 깍지를 끼고 있던 손을 풀어 그의 목덜
미를 감아 안았다. 그리곤 뜨거운 혀를 그의 입속
으로 밀어 넣었다. 자신감을 얻은 그가 여자를 쓰
러뜨린다. 그리고 여자의 원피스를 걷어 올린다.
오래 숨어 있던 울음이, 손톱이 그의 등을 찍으며
떨림을 만든다. 살아 있음의, 그럼에도 불구하고
더 살아가야 할 존재의 떨림. 찰랑찰랑 퍼져나가는
파문처럼 여자가 몸을 휘었다 펴곤 했다.

 그의 등 위로, 눈 감은 여자의 얼굴 위로, 한 움큼
별이 쏟아진다.(*)

공원 公園

지금 사용할 수 없나요?

　청소를 시작하려고 소독약품을 뿌려놓았는데 웬 인간 하나가 불쑥 나타나 묻는다. 사용할 수 없다고 하자, 급해서 그러는데…… 라고 한다. 급한 건 당신 사정이고. 그는 대답 대신 물을 받아놓은 양동이를 들어 화장실 바닥에 뿌린다. 하지만 '금방 해결하고 갈게요' 하며 그 인간은 뿌려놓은 물을 질겅질겅 밟고 안으로 쏙 들어간다. 아 뇌 뭐 이런…… 하는 눈빛으로 그 인간이 들어간 문짝을 쳐다보는데, 톰슨 기관단총 같은 소리가, 적막한 아침 화장실 안에 울려 퍼진다. 일명 시카고 타자기 같은 소리. 정말 급했던가 보다. 아무튼, 이 아침. 이 공원 화장실을 찾아온 이유가 단순히 저 이유 때문이라면 왠지 그것은 무척이나 안타까운 일이 아닐 수 없었다. 나름 조용한 환경에서 근심을 털어낼 수 있을 거라 생각하고 찾아왔을 것인데 불행하게도 지금은 청소 시간이다. 촤-악! 다시 물을 뿌리고 치카치카 바닥 솔질을 한다. 와중을 더는 견디지 못했는지 볼일을 끊은 그 인간이 에이 씨! 외치며 뛰쳐나간다. 열어놓고 나간 문짝 안쪽에 전에 없던 낙서가 눈에 들어온다. 왔노라. 쌌노라. 흐뭇했노라. 그리고 그 밑에 또 다른 어떤 인간이, 공중도덕을 지킵시다! 라는 문구를 새빨갛게 적어놓았다. 그는

　이런 염병! 하여간에.

중얼거리지 않을 수가 없었다. 웬 생리대가 이렇
게 많이…… 바로 옆, 여자 화장실은 꽃밭이었다.
거국적으로 생리 강조 기간 대회를 여기서 개최했
나? 싶었다. 굳이 이 공원의 화장실까지 와서 이런
걸 처리하는 심리는 대체 뭘까? 과연, 여자들의 세
계를 이해한다는 건 만만한 일이 아니구나. 그런
생각이 들었다. 모아 온 휴지들을 쓰레기 종량제
봉투에 쑤셔 넣으며 그는 건너편 공원 너머, 도시
를 바라보았다. 우람한 빌딩들이 발기하듯 솟아 있
다. 좆같다. 모르긴 해도 역사는 저곳으로부터 흘
러왔을 거라고. 그런 게 분명할 거라고. 그는 쑤셔
넣는다. 휴지를. 똥 기저귀를. 올 나간 스타킹을.
그리고 생리대를…….

화장실 청소가 끝났다. 순찰 시간이다. 공원 관리
일이란 게 그렇다. 하루가 마치 자전거 같다. 터질
듯한 도로를 거품 물고 흘러가는 자동차. 아무리
생각해도 알 수 없는, 저 길 건너의 세계와는 차원
이 다른 하루다. 이를테면, 두만강 푸른 물에 노 젓
는 뱃사공과 같다고나 할까. 멈춘 듯, 흘러가는 듯,
그래도 흘러가는 세계. 그야말로 공원 같은 시간이
다. 자전거를 타고 느리게 공원을 한 바퀴 도는 일
로 하루를 시작한다. 간밤에 당신들이 토해 놓고
간 흔적들을 체크하며. 느리게. 아주 느리게. 그러
고 나서 청소를 시작한다. 각종 쓰레기를 치우고,

보수 작업을 하고, 풀을 깎고……. 하루는 생각보
다 길어서 당신들을 관찰할 수 있는 시간도 있다.
당신들은 점심시간과 저녁 퇴근 시간 즈음 몰려오
기 일쑤인데, 가관도 그런 가관이 없다. 뭐랄까, 백
번을 다시 돌려봐도 이해가 안 되는 인간의 심보를
다룬 영화라고나 할까. 하여간에. 매일 그런 영화
를 보는 기분이다.

자전거를 멈춘다. 벤치 앞. 누군가 흥건하게 쏟아 놓았다. 퉁퉁 불어터진 라면들과 함께 섞인 알수 없는 이물질들. 참 가지가지 하는구나. 밑으로든 위로든 당신들이 싸면 나는 치운다. 염병. 그는 중얼거리며 자전거 바구니에 실려 있던 야삽을 꺼내 한쪽에 구덩이를 파고 이물질들을 떠다 묻는다. 묻는다는 건, 알고 싶은 걸 상대편에게 설명을 요구하는 일이기도 하지만, 알고 있는 걸 흙이나 다른 물건으로 보이지 않게 덮는 말이기도 하다. 이곳에서 일어나는 일들은 가능한, 할 수 있는 한, 덮는 게 상책이다. 그건 공원 관리소장의 지침 사항이다. 위대하고 거룩한 지침 사항이라 아니할 수가 없다. 그래서 매일 인간의 심보를 다룬 이해할수 없는 사건 사고의 영화를 보지만, 덮는다. 그러지 않으면 더 이해할 수 없는 일들이 벌어진다. 몸통과 대가리는 남고 꼬리만 댕강 잘려 나가는 수가 있다. 이유는 관리 소홀 및 근무 태만으로 누군가는 책임을 져야 하는 상황이 벌어진다는 거다. 그게 왜 꼬리여야만 하는지 이해할 수 없지만 아무튼, 모든 세상의 이치가 저기 공원 너머 솟아 있는 빌딩들처럼 좆같다고나 할까. 그러니 제발! 공원에서 지켜야 할 건 반드시 지키고, 하지 말라고 하는 짓은 절대로 하지 말길 바라 마지않는다. 그렇게

쏟아 놓은 흔적들을 덮고 자전거 페달을 밟으려는데, 저 앞 벤치에 앉아 있는 여자가 눈에 들어온다. 뭐 흔하게 볼 수 있는 풍경이긴 한데 뭔가 다르다. 어깨까지 내려온 머리를 뒤로 묶긴 했지만 산발한

느낌. 원피스를 입긴 했지만 펑퍼짐한 느낌. 졸고 있나 싶지만 멍 때리고 있다는 느낌. 무릎 위에 무언가 얹어 놓았는데 보따리 같다는 느낌. 뭔가 쎄- 한 느낌. 전체적으로 정리해 보면 어쩐지 삶을 놓아 버린 느낌의 여자다. 좀 더 가까이 가서 보니 앳돼 보이는 소녀다. 소녀의 시선이 한곳에 꽂혀 있다. 소녀의 시선을 따라가 본다. 화장실 말고는 아무것도 없다. 뭘 보고 있는 걸까. 그는 생각한다. 가출 청소년인가? 그래서 묻는다.

저기…… 내가 도와줄 수 있는 게 있을까?

소녀가 독살스런 눈빛으로 그를 쳐다본다. 무서워라. 아니…… 난 뭐 혹시 도움이 필요한가 해서…… 라고 그가 말한다. 소녀가 벌떡 일어선다. 그리고 다시 한 번 희번덕 흰자위를 흥건하게 쏟아 놓고 홱 돌아서서 가 버린다. 이런 염병. 돌아온 닌자야 뭐야. 어딘가 모르게 변태 취급받은 느낌이다. 아니 내가 뭐랬다고. 가면서 내가 뭐라고 했는지 골똘히, 아주 골똘하게 생각해 봐. 거 참, 뭘 도와주기도 어려운 세상이 되고 말았네. 뒤에다 대고 그가 혼자 중얼거린다. 그래서

점심은 도시락이다.

서로가 서로를 믿지 못하는 세상이다. 뭘 넣었는
지, 무슨 짓을 어떻게 해서 옜다 먹어라. 하는지 알
게 뭐야. 그러니 어쩌겠어. 앉아서 공원이나 지키
며 하늘 한 번 밥숟갈 한 번, 하는 수밖에. 밥숟갈
너머로 요지경의 바다. 경쟁의 바다. 도시가 위태
하게 번들거린다. 다행이다. 그나마 공원은…… 그
래, 여긴 경쟁이 있는 공간은 아니잖아. 적어도 공
중의 보건, 휴양, 놀이, 휴식이 있는 곳이지. 물론
공원의 구조물에 목을 매고 자살을 시도하려던 인
간도 있었다. 세상의 비루한 일들이 공원으로 스며
든 거겠지. 하지만 얼마나 다행한 일이야. 이 도시
한복판에 그나마 위안을 찾을 수 있는 공간이 있다
는 것이. 그는 우걱우걱 점심을 먹으며 자신이 그
런 사람들의 휴식을 위해 일한다는 사실에 안도감
을 갖는다. 식사를 마친 그가 커피를 들고 나온다.
라디오를 튼다.

아내와 이혼 후 친딸을 키워왔던 A 씨는 성관계
거부 의사를 밝힌 딸을 성폭행한 혐의로 세간의 충
격을 던져 주고 있습니다. A 씨는 더 이상의 성관
계를 거부하는 딸 앞에 무릎을 꿇고 "네게 남자 친
구가 생겨서 죽을 것 같다. 너와 한 번만 더 성관계
를 했음 한다"고 울면서 말하는 등 자신의 성적 욕
구를 채우기 위해 갖은 방법을 동원해 관계 요구
를 한 것으로 드러났습니다. 재판부는, 친아빠로서

피해자가 육체적 정신적으로 건강하게 성장하도록 보호해야 할 책임이 있음에도 그 의무를 저버리고 자신의 성적 욕망을 해소하기 위해 범행을 저지르는 등 죄질이 매우 불량하다는 점을 들어 징역 10년을 구형하였습니다.

 이런 걸 뉴스라고 내보내는 인간들도 그렇지만, 이런 일들이 일어나는 세상은, 이제 완전하게 맛이 갔구나. 그렇지? 제발 그렇다고 해 줘, 응? 정도의 간절함이 절로 목구멍을 밀고 올라왔다. 인간이길 포기하고 바닥으로 떨어진 느낌이랄까. 구조 요청을 기다리는 간절함. 어디 음악방송 없나? 주파수를 돌려 맞춰 본다. 디지털 뉴스 속에서도 끝끝내 아날로그를 고집하는 인간은 어디에나 있기 마련이다. 그의 휴대폰은 2G 폴더폰이다. 그러니 휴대폰을 바꾸라고. 휴대폰으로 라디오든 음악이든 뭐든 들을 수도, 볼 수도 있다고 딸은 말했다. 하지만 그는 안다. 그 과정까지 가기가 얼마나 복잡한 일인지. 이를테면, 걸면 걸리는, 틀면 나오는 그런 게 아니다. 복잡한 건 저 도시를 바라보는 것으로도 충분하다. 여기는 공원이고 그런 게 필요할 이유가 없다는 게 그의 생각이다. 그래서 라디오를 듣는다. 모쪼록 당신들의 인생사도 틀면 나오는 라디오처럼 심플하기를 바라지만

 그럴 리가 만무하다. 알고 보면 당신들은 무척이

나 복잡한 존재여서

이럴 수가, 싶은 일들을 눈 하나 깜짝하지 않고 생산해내는 것이다. 퇴근 무렵이었다. 공원 관리소로 민원이 들어왔다. 화장실에서 사고가 일어났다는 민원이었다. 전후 사정을 물어보니, 그런 건 모르겠다면서 문은 걸려 있고 안에서 여자의 신음 소리가 들린다는 거였다. 신음 소리? 대체 화장실에서 무슨 짓을 벌이고 있는 거야? 그래서 허겁지겁 공원 화장실로 달려간다. 당신의 이럴 수가, 싶은 일들을 덮기 위해서.

하필이면

장애인 화장실이었다. 그곳은 독립된 화장실이었고 여타 화장실과는 달리 안에서 걸어 잠그면 들어갈 방법이 없다. 문 밑으로 핏물이 흘러나오고 있었다. 아니다. 물인지 피인지 알 수 없는 액체가 신음 소리와 함께 흘러나오고 있었다. 관리인입니다. 안에 무슨 일 있어요? 문 좀 열어 보세요. 그가 말했다. 하지만 호흡을 몰아쉬는 소리만 들려올 뿐이다. 그리고 이어지는 신음 소리. 다시 문을 두드린다. 저기요. 무슨 일입니까? 역시 묵묵부답. 뭔가 불길한 일이 일어나고 있는 느낌이었다. 그는 다시 말한다. 위급한 상황이면 문을 뜯겠습니다. 그래도 되겠습니까? 아무래도 화장실이니까, 지극히 개인적인 공간이었으므로 묻는 것이 예의일 거 같았다. 그러나 곧, "저리 꺼져 이 괴물들아"라는 소리가 안으로부터 흘러나왔다. 그리고 뒤이어 다시, "문만 열면 모조리 죽여 버릴 거야. 아무도 들어오지 마." 여자는 외쳤다. 모여든 사람들 중 누군가 말했다. "미친 여자 같았어요." "미친 여자요?" 그가 물었다. "네. 저쪽에서 배회하던 여자였는데, 아무튼 제정신이 아닌 여자 같았어요." "젊은 처녀였어요." "장애인은 아닌 거 같았는데 왜 이리 들어갔을까?" "아무튼 미친 여자가 맞아요." 그렇게 추측이 난무하던

그때, 문이 열렸다.

그는 놀라지 않을 수 없었다. 그 소녀다. 도움이 필요하냐고 묻자 독살스런 눈빛으로 쏘아보던 닌자 소녀. 더욱 놀라운 건 그녀가 안고 있는 핏덩이다. 아니 더 정확히 말해서 탯줄도 자르지 않은 아기다. 아 아 염병. 공원이었고 장애인 화장실이었고, 소녀는 그곳에서 아기를 낳았다. 사람들이 다시 웅성거리기 시작했다. 웅성거리는 사람들을 향해 소녀가 소리를 질렀다.

난 미치지 않았어. 미친 건 저기…… 저 좆같은 괴물들이야!

모두가 소녀가 가리킨 곳으로 고개를 돌린다. 거기 도시의 불빛이 하나둘 켜지기 시작한다. 그것은 흡사 먹이를 노리는 맹수의 눈과도 같은 빛이었다. 눈빛들과 함께 사위는 급격히 어두워져 간다.(*)

싱크홀(sink hole)

가령, 길을 걷다 어딘가에서 날아온 총알이 당신 가슴에 구멍을 냈다면 그것은 싱크홀이다. 아닌 밤 중에 홍두깨같이 '오 맙소사! 우째 이런 일이?' 싶은 일이 생겼다면 그것은 싱크홀이다. 살다 보면

그런 날이 있다. 만사가 귀찮고, 이미 녹작지근 뒹굴고 있지만 더욱 격렬하게 뒹굴고 싶은 날. 숙취다. 머리가 지끈거렸다. 오랜만의 회식 자리였다. 그래서였을까, 너무 달렸다. 일차에서 삼겹살에 소주를 마셨고, 이차로 단란주점에서 맥주를 마셨다. 누군가 사장님, 사장님, 연호를 외쳤고 손사래를 쳤지만 떼로 달려들어 무대 위로 밀어 넣었고, 잘못된 만남을 불렀다. 누가 뭐래도 여기까지는 또렷한 기억이다. 그리고 뿔뿔이 흩어졌을 것이다. 아니다. 남은 몇 명이 삼차를 갔다는 기억이다. 아마도 그랬을 것이다. 모르긴 해도

그랬을 거라고, 그는 생각한다.

지끈거리는 머리를 부여잡고 눈을 뜬다. 아무것도 안 하고 싶었지만 무엇보다 갈증이 났다. 시간은 오전을 넘어 오후 두 시를 향해 질주하고 있었고, 눈을 뜨고 둘러본 주위 환경은 낯설었다. 여긴 어디지? 한 번도 와본 적 없는 방 안에 덩그러니. 당신도 한번쯤 이런 상황에 처해본 일이 있었는지 모르겠으나, 이거 딱 바보 된 느낌이다. 당황스럽다. 무슨 일이 일어난 거지? 기억이 안 난다. 꿈인가 싶어 콧구멍을 후벼본다. 더욱 세게 후벼본다. 꿈이 아니다. 환장하겠군. 정신을 챙기고 일어선다. 호텔도 아닌 거 같고, 모텔도 아닌 거 같고, 일반 가정집 원룸인 거 같은데 내가 왜 여기? 아무리 기억

을 더듬어 봐도 '잘못된 만남' 딱 거기까지다. 미치
겠군. 누구의 집인가. 집안 곳곳 단서가 될 만한 것
들을 찾아본다. 책상 위에 놓여 있는 작은 액자 속
사진이 눈에 들어온다. 여자다. 바닷가를 배경으로
찍은 사진이다. 여자는 사십오 도쯤 왼쪽으로 고개
를 젖히며 웃고 있었다. 바람이 불었는지 머리카락
이 날린다. 모르는 여자다. 돌아버리겠군. 이걸 어
쩌지? 지근지근 머리가 아파 온다. 서둘러 여자의
집을 빠져나온다. 방향 감각 잃은 거리에서 세 통
의 부재중 전화와 문자메시지를 확인한다. 아내였
다. 그걸 바라보다, 입덧하는 여자처럼 헛구역질을
한다. 아찔한

현기증이 일었다.

눈이 마주쳤다. 어디서 본 듯한 여자다. 1, 2호점
마트 점검을 마치고 3호점 마트로 들어서는 카운
터 앞에 여자가 있었다. 낯선데 낯설지만은 않은
여자. 어디서 봤더라? 그 여자다. 그날 낯선 방. 사
진 속 바닷가에서 머리카락을 휘날리던 여자. 도
망치듯 그 여자 집을 빠져나온 지 꼭 이틀만이었
다. 무표정의 여자와 잠시 무언의 눈빛이 오갔다.
스물 서넛쯤 되어 보인다. 우리 마트 직원이었던
가? 그런데 왜 몰랐을까. 그는 마주쳤던 시선을 황
망히 거두고 인사하는 직원들을 지나 진열대를 거
쳐 안쪽 사무실로 들어간다. 자리에 앉자마자 그는

지배인을 불러 여자의 정체를 묻는다. 계약직 알바란다. 회식이 있었던 바로 그날부터 근무를 시작했고, 일주일 정도만 근무할 예정이라고 지배인은 말했다. 그렇군, 하고 그는 고개를 끄덕인다. 모든 일을 꼼꼼하게 처리하는 지배인 덕에 마트 직원들에 대하여 신경을 쓰지 않았다. 때 되면 성과금과 이따금 회식 자리를 마련해주는 것으로 충분했으니까. 나머지는 지배인이 알아서 처리했다. 점포당 삼사십 명씩 되는 직원들을 일일이 챙기는 것도 쉬운 일이 아니거니와, 마트 세 개를 운영하다 보면 쓸데없이 바쁜 일들이 생기게 마련이다. 똥 누러 들어갔는데 오줌이 함께 나오는 것처럼, 그런 일이 생기게 마련이다.

똑 똑 똑.

지배인이 나가고 잠시 후, 누군가 문을 두드린다. 그 여자다. 아마도 지배인이 들여보냈을 것이다. 여자가 안녕하세요. 하고 인사를 한다. 무슨 말부터 해야 할지 모르겠다. 일전에는 고마웠습니다, 라고 해야 할지. 안면몰수 하고, 지배인께 얘기 들었습니다. 열심히 해주십시오. 라고 해야 할지. 머뭇거리다, 알바생이라고요? 라는 이상한 말이 튀어나왔다. 네. 여자가 짧게 대답한다. 잠시 어정쩡한 시간이 흐른다. 더 이상 말이 없자 그럼, 하며 여자가 돌아선다. 돌아서다 문득 문고리를 잡고 멈춰

서서, 그 날은 말없이 가셨던데요. 반찬거리 사러 나간 사이…… 한다. 아, 미안해요. 낯선 곳이란 사실에 놀라 황급히 도망 나오고 말았네요. 술이 많이 취해서 기억이…… 혹 무슨 실수는 하지 않았나요? 물었지만, 잘 기억해 보세요. 하고 나가버린다. 뭘? 대체

뭘 기억하란 얘긴지. 그날 무슨 일이 있었던 걸까? 하나하나 되짚어본다. 그러나 기억은 잘못된 만남에서 숨을 거둔 채 꼼짝하지 않았다. 죽은 자식 불알 만지기였다. 환장할 노릇이 아닐 수 없었다. 그렇게 이틀이 지나갔다. 저녁 무렵, 그러니까 자신의 근무 교대 무렵 여자가 찾아와, 시간 좀 내주시죠. 했고, 그와 여자는 커피숍에 마주 앉았다. 여자의 말에 의하면, 괜찮다고 하는 자신을 굳이 그가 데려다주겠다며 집까지 쫓아왔다고 했다. 기억나지 않는다. 그리고 한사코 집으로 밀고 들어왔다고 했다. 기억나지 않는다. 그러더니 다짜고짜 자신의 옷을 벗기며 입을 맞췄다는 거였다. 물론 기억나지 않는다. 결국 여자는 그의 무지막지한 힘에 무너졌고 체념할 수밖에 없었다고 했다. 설마 그럴 리가…… 기억나지 않는다. 그러나 기억나지 않는 죄로 그는 여자에게 돈을 건넸다. 오백만 원이었다. 따지지 않은 건, 일을 크게 만들고 싶지 않아서였다. 무엇보다, 아내는 지금 임신 칠 개월째였다. 마트를 키우고 확장하느라 이십사 시간이 부족했고, 제대로 된 연애 한번 못 해본 채 늦은 결혼을 한 그였다. 그는 일어서서 커피숍을 나왔다. 그리고

그것으로 끝난 줄 알았던 여자가 다시 찾아온 건 마트를 그만두고 열흘쯤 지난 무렵이었다. 나타나서는, 임신했어요. 여자는 간단하고 명료하게 말했다. 잠시 머릿속이 하얗게 타버린 느낌이었다. 이를테면 기억에도 없는 애가 생겼다는 말이었다. 임신이라니, 무슨 놈의 임신이 그렇게 간단하게. 덧셈 뺄셈도 아니고, 이토록 쉽게 만들어지는 것이 인간이었던가. 그런 생각이 들었다. 그는 안 된다고 말했다. 자신은 결혼했고, 그래서 임신 칠 개월인 아내도 있고, 또 그래서 복잡하게 살기를 원치 않는다고, 여자에게 말했다. 하지만 그토록 쥐도 새도 모르게 생긴 아이를 없애는 건 간단한 일이 아니었다. 여자가 그걸 거절했다. 아이는 낳을 거예요. 우선 집을 마련해주세요. 보셨다시피 제가 사는 곳이 원룸이라 아이를 키울 만한 환경이…… 그리고 성년이 될 때까지 아이의 양육비를 대주세요. 대본 읽듯 여자가 말했다. 난감하네. 난감한 여자를 그는 거듭 설득했다. 막대기로 먼 산 휘젓기였다.

끝내 합의는 이뤄지지 않았다. 여자가 마트로 찾아오는 횟수가 잦아지면서 소문이 돌기 시작했다. 무엇보다 아내가 알게 될까 걱정이었다. 그렇다고 기억에도 없는 애를 낳고 두 집 살림을 할 수도 없었다. 급기야 여자는 협박을 해왔다. 그는 무언가 커다란 구멍에 빠진 느낌이었다. 모든 구멍이 그렇듯 어둡고 습습하고, 불쾌한 끈적거림의 날들이었다. 아득했다. 어디서부터 잘못됐는지 알 수 없는 예감의 나락으로 곤두박질치고 있을 때쯤 여자는 그를 성추행범으로 고소했다. 아울러 자신의 임신 사실을 증거로 제시했다. 있을 수 없는 일이 벌어지고 말았다. 그는 참을 수 없었다. 그도 무고 혐의로 여자를 고소했다. 결백의 증거로 친자확인소송을 냈다. 법원은 이를 받아들였다.

정말 당신 애기면 어쩔 거예요?

여러모로 부끄럽고 참담한 검사를 받고 나오던 병원 대기실에서 아내는 불룩한 배를 앞세우며 물었다. 말이 되는 소릴 해. 나는 결백해. 고개 숙인 그가 중얼거리듯 대답하고 아내를 지나쳐 곧장 병원을 빠져나간다. 무엇보다 배를 앞세웠으므로 장차 태어날 그의 아기에게 면목이 서질 않았다. 면목 없는 뒤통수에 대고 아내가 소리 지른다. 어디로 가는 거예요! 대답하지 않는다. 다시, 여보! 부르는 소리를 외면한 채 그는 차를 끌고 사라진다. 그리고 길 위였다. 달리는 차 안에서 여자의 전화를 받았다. 고소를 취하하겠어요. 그러니 사장님도 친자확인이니 뭐니 그런 거 다 취하해주세요. 그렇게 해주실 거라 믿고 이만 끊을게요. 그럼……. 일을 이 지경으로 만들어놓고 왜? 싶었지만 이미 먹통이다.

 아무리 생각해봐도 이상한 일이었다. 갑자기 왜? 그런 생각이 들었지만 한편으론 다행이다 싶었다. 적어도 아내 앞에서, 그 불룩한 배 앞에서 극단적인 상황을 연출하지 않아도 된다는 안도감이 밀려왔다. 다음 날 여자는 정말로 고소를 취하했다. 그리고 바람과 함께 사라졌다. 영문도 모른 채 소나기 펀치를 얻어맞은 기분이었다. 코피와 함께, 링 위 조명 아래 질펀하게 뻗어 있는, 그런 기분을 알까 모르겠다. 여자가 사라지고 며칠 후 친자 확인을 위해 검사를 받았던 병원으로부터 내원을 바란다는 연락이 왔다. 의사는 그에게

 비폐쇄성 무정자증입니다.

 누가요? 제가 말입니까? 동그랗게 눈을 뜨며 되묻는 그에게 의사는 네, 라고 짧게 대답했다. 그러니까 무정자란 말은 정자가 없다는 말. 씨 없는 수박이란 말. 그런 뜻일 게 분명한데, 이게 무슨 자위하다 문 벌컥 열고 들어온 엄마와 눈 마주치는 소리란 말인가. 말도 안 된다. 그래서 그는 다시 묻는다. 그게 정확히 뭡니까? 음 하고, 잠시 뜸 들이던 의사가 말한다. 정자 형성에 문제가 있는 경우를

말하는 겁니다. 즉, 아이를 가질 수 없다는 것을 의미합니다. 원인은 정확히 알려져 있지 않지만 유전학적 요인이나 내분비계 이상, 바이러스 감염 등이 원인일 수 있는 것으로 알려져 있습니다. 온몸의 정액이 몽땅 빠져나간 느낌이 사지로 퍼져나갔다. 그런 무기력한 기분을 알까 모르겠다. 일어설 기운도 없이 사타구니에 고개를 떨구고 있는데

바람처럼 왔다가 이슬처럼 갈 순 없잖아♪ 내가 산 흔적일랑 남겨둬야지♬

휴대폰이 울렸다. 아내였다. 여…… 여보…… 우리 아기가…… 나오려나…… 봐요……. 저…… 지지금…… 진통이…… 시작돼서…… 벼 병원으로 가는 중이에요……. 고개 숙인 그가 하염없이 자신의 사타구니를 바라본다. 이 무슨 무정자 고막 찢고 들어와 샤워하는 소리인지. 순간 땅이 꺼졌다. 싱크홀이다. 가슴 한가운데 거대한 구멍이 생긴 듯하다. 그곳에 있었던 44년 인생이 흔적도 없이 무너져 내렸다. 꺼져버린 머리 위로 잔해처럼 아내의 말들이 우수수 쏟아졌다.(*)

알 게 뭐야, 그 후일담

이상한 징후는 손가락 끝에서 시작되었다.

늘 그렇듯이, 이 익명의 세계는 매력적이 아닐 수 없다. 함부로 떠들고 함부로 날리는 비수 속에 나가떨어지는 인간들을 보고 있노라면, 브라보! 오예! 탄성이 절로 흘러나오는 것이다. 나는 아침을 먹자마자 자리에서 일어난다. 간밤에 설치해두었던 부비트랩이 여간 궁금한 게 아니었다. 근거 없는 소문들을 여기저기에서 취합해 그럴듯하게 엮어놓은 글이었다. 요즘 한창 잘 나가는 연예인 성추행에 관한 글이었는데 '이건 좀 심한 거 아냐?' 싶기도 한 그런 글을 게시했었다. 부비트랩은 예상했던 대로 장사진이었다. 무수한 댓글들을 보고 있노라니 이상한 희열감이 온몸을 감쌌다. 그 가운데 '이거 실화임? 님 좀 짱인 듯…… 당사자가 이걸 보면 아마도 콘크리트 바닥에 좆 박고 죽을 수도……ㅋㅋㅋ'라는 댓글이 눈에 들어온다. 죽든지 말든지 알 게 뭐야.

사실이 그랬다. 그런 심정이었다. 왜 이런 글을 유
포하는 거지? 누군가 묻는다면, 이유 같은 게 어디
있겠어. 그냥 씹고 뜯고 맛보고 발라당 자빠지는
거지. 정말이지 뭐라 대답할 이유 같은 게 없다. 나
는 그저 좀 더 과감한 자극이 필요했고, 이런 아무
말 대잔치에 미친 인간들은 어떻게 반응할까 궁금
했고, 그런 말들이 마치 사실처럼 퍼져나가는 것이
놀라울 따름이다. 그리고 무엇보다 심심했다. 단지
그뿐이다. 그게 이유라면 이유였다. 때로는

이 세계가 납작하게 눌린 쥐포 같다는 생각이 들
었다.

누가 뭐래도 하여간에, 질경질경 씹는 쥐포 맛을
알까 모르겠다. 쥐포라 함은 쥐칫과의 생선을 조미
하여 말린 것이고, 모든 쥐치의 대가리에 송곳 하
나씩 달고 있다는 사실을 또 알까 모르겠다. 이를
테면, 밑도 끝도 없이 들이박는다. 그 참맛의 세계
를 본격적으로 일깨워주기라도 하듯, 어느 날 쥐포
의 세계로부터 한 통의 메일을 받았다. 당신의 부
비트랩 솜씨를 높이 인정한다는 말과 함께 댓글 부
대원으로 활동해보지 않겠느냐는 메일이었다. 노

력 여하에 따라 월 50~300만 원까지 수입이 가능하다는 사실과 무엇보다 방구석이든 어디든 아무데나 처박혀 누구의 눈치도 보지 않고 일을 할 수 있다는 장점을 친절히 설명해주고 있었다. 그러니 잘 생각해보고 연락을 달라는 말로 매듭지은 메일을 보며 나는 쾌재를 불렀다. 이거야말로 나의 재능을 유감없이 발휘할 차안스 아니던가. 그래서 잘 생각하고 말 것도 없이 나는 당장 답장을 보냈다.

브라보! 당신의 제안을 환영합니다.

그렇게 댓글 부대원이 되었다. 자신을 매니저라 소개한 이는 쥐포 세계에서 Bigboss라는 아이디를 쓰는 인간이었다. 얼굴도 이름도 모른다. 당연했다. 납작하게 눌린 쥐포를 보며 그게 쥐치라는 물고기의 사체라는 걸 누가 상상이나 하겠는가. 알아야 할 이유도 없지만 알고 싶은 마음도 없다. 그냥 나는 내가 알아서 할 터이니 너나 잘 하세요. 알고보면 몽땅 그렇고 그런 일이겠지 싶었다. 하지만 매니저는 정치, 경제, 사회, 연예…… 다방면의 활동을 요구하였고, 처음 브라보! 외칠 때와는 달리 댓글 부대원의 일이란 게 녹록한 것만은 아니라는 사실을 알게 되었다. 낯설고 물설고…… 이건 뭐, 경운기 타고 뉴욕 맨해튼 가는 기분이라고나 할까. 이를테면 말이다.

아무튼 칼을 뽑았으니 썩은 무라도 베어야 했다. 가능한 새로운 정보가 필요했고, 습득한 정보를 야무지게 버무리는 기술이 필요했다. 수습생의 심정으로 하는 양을 지켜본다. 우선 매니저를 통해 표적이 날아오면 그것이 사람이든 물건이든 아니면 무형의 어떤 것이든, 각기 무장한 논리로 개떼처럼 달려들어 물어뜯었다. 마치 전 인류의 생존을 건 싸움처럼. 엉망진창. 처음엔 그런 광경을 개아련(?)한 눈빛으로 바라보며 참 대단들 한 인간이라고 생각했다. 알고 보면 인간은 사바나의 야생 그 모습과 다름 아니다. 그렇게 점점 쥐포의 세계 속으로 들어가 납작하게 눌린다. 어디가 머리였는지, 몸통은 또 어디였는지 분간이 가지 않을 즈음

아 몰랑, 알 게 뭐야.

이것도 이력이라는 게 붙었다. 이를테면, 거짓도 사실처럼. 진짜도 가짜처럼. 인류가 그려놓은 지구상의 나라 하나쯤은 통째로 날려버리는 구라와 약파는 설레발이 경지에 올랐다고 해야 할까. 이를테면 구워삶는 이력. 어르고 볼기치는 이력. 아무도 믿지 못하는 세상이 이토록 간단하게 뒤집어질 수 있다는 게 믿기지 않았지만, 생각해보면 애초에 그렇게 생겨먹은 게 이 세계의 습성이고 인간이라

는 동물의 습성이 아닐까. 이건 정말 인류가 발견한 위대한 세계지 뭐야. 그 속을 헤엄치듯 다니는 나는 쥐치계의 왕이라도 된 듯하지 뭐야. 대단한 권력이라도 얻은 기분이야. 그런 생각이 절로 들었다. 지리멸렬한 선동으로 수많은 팔로우가 벌떼처럼 따라붙는 것을 바라보는 으쓱함이랄까. 잘 봐, 나 이런 놈이야. 아무튼 뭐 그런 거. 누구라도 그랬을 것이다. 혹 아실까 모르겠지만, 뭐 자세한 활약상은 '쥐치능깔'을 검색창에 처넣어보시기 바란다. 아무튼 그건 그렇고. 믿지 않겠지만, 이상 징후가 시작된 건

그 무렵이었다.

손가락 끝이 간지러웠다. 마치 닭살 피부처럼 오돌토돌 만져지는 게 여간 간지러운 게 아니었다. 촉감에 민감한 곳이었으므로 무척 신경이 쓰였다. 그리고 어느 순간 간지러움을 넘어 아팠다. 티눈이 박힌 건가? 무언가 딱딱한 것이 단단하게 자리를 잡은 것 같았다. 온 신경이 손가락 끝을 향해 뭉쳐진 듯한 아픔으로 댓글 작업은커녕 잠도 제대로 이룰 수 없었다. 아픔을 잊어볼 요량으로 K에게 전화를 걸었다. 그런데 이상하게 혀가 꼬이고 발음이 잘 되지 않았다. K는, 목소리가 왜 그래? 물어왔고, 나는 손가루기 어무 아푸서 그에, 라고 대답했다. 손가락이 너무 아파서 그런다고 말하고 싶었지만

뜻대로 발음이 되지 않았다. K는 뭐라고? 무슨 말인지 모르겠어, 라고 말했고, 나는 또 무어라고 말했지만 K는 알아듣지 못했다. 결국 더 이상 통화를 이어가지 못하고 전화를 끊고 말았다. 그리고 다음 날 병원을 찾았다.

발음이 어려웠으므로 만국공통어인 바디랭귀지로 설명을 했으나 의사는 뭔 개소리야? 싶은 표정이었다. 손가락을 보여주고 나서야 알아들었다는 듯 의사가 말했다. 변형 세포가 뭉쳐진 것이라고, 일종의 만성적인 기계적 비틀림이나 마찰력에 의하여 발생하는 피부질환으로 간단한 수술을 통해 핵을 제거하면 깨끗해질 수 있을 거라고 했다. 당장 수술을 원한다고 바디랭귀지로 말하였으나 의사는 또 알아듣지 못했다. 뭐? 어쩌라고? 니미럴. 벙어리로 산다는 것이 어떤 기분인지 단박에 이해가 됐다. 어쨌든 각고 끝에 수술을 하고 약을 받아올 수 있었다. 그날 밤, 수술을 받기 위해 했던 마취가 풀리는 것인지 손가락 끝이 떨어져 나가는 듯 아팠다. 받아온 약을 초과 복용하였으나 아픔은 가시지 않았다. 세상은 넓고 돌팔이는 지천에 깔렸음을 새삼 깨닫는 밤이었다. 씨팔놈의 돌팔이가 대체 뭘 어떻게 한 거야. 더 아프잖아. 아침만 와 봐라 넌 뒈진 목숨인 줄 알아. 욕이 절로 흘러나왔다. 그랬는데

막상 아침이 오니, 간밤의 통증이 씻은 듯 사라졌다. 잠시 가라앉은 통증이 아닐까? 다시 아파오면

어쩌지? 싶었으나 병원 가는 걸 포기했다. 그 돌팔이가 수술 부위를 다시 들쑤셔 화근을 만들 것만 같았기 때문이었다. 며칠 후 K가 전화를 걸어왔으나 나는 어떤 말도 입 밖으로 뱉어내지 못했다. 손가락 통증으로 인한 언어장애인 줄 알았는데 그게 아니었다. 통증도 사라지고 모든 게 정상이었음에도 말이 나오지 않았다. K는, 여보세요? 야! 뭐야, 안 들려? 말을 해 씹새야! 저 혼자 중얼거리다 끊었다. 끊어진 전화기를 만지작거리며, 뭐지? 내가 왜 말을 못 하는 거지? 어이없어하다가 다시 한 번 온 힘을 구강에 모아 말을 뱉어보려 허우적거렸다. 그러나 한 많은 거북이처럼 입만 뻐끔거릴 뿐 말은 나오지 않았다. 아 야 어 여 오 요 우 유 으 이, 집중하고 또 집중해보았으나 허사였다. 그렇게 얼마간을 집중했을까. 아귀가 아파왔다. 과연 벙어리가 된 게 분명했다. 오 마이 갓.

나 벙어리 된 거야? 설마, 그럴 리가.

알 게 뭐야. 뭐 어떻게든 되겠지. 피곤이 몰려왔다. 그래서 말하길 포기하고 잠이 들었다. 말을 잃은 잠 속에서 무수히 떨어지는 문자들을 보았다. 떨어진 문자들이 폭탄이 되어 터지기도 하고, 택배 상자를 열자 팝콘처럼 튀어나온 문자들이 온몸에 박히는 꿈을 꾸었다. 그 중 (입)이라는 글자가 손가락 끝에 박혔는데 너무 간지러워 으흐흐흐 웃다가 깨어났다. 일어나 수술을 받았던 손가락을 바라보는데, 꿈속에서 느꼈던 그 간지러움이 그대로 손가락 끝에서 느껴졌다. 아니다. 간지러움과는 다른, 무언가 꼬물꼬물 기어 나오는 것 같은 느낌이었다. 뭐야, 또 통증이 시작되려는 건가? 생각이 들고 보니 가슴이 철렁 내려앉았다. 생에 그런 통증은 다시 겪고 싶지 않았다. 하지만 아픔의 징조와는 뭔가 다른 느낌이다. 그건 마치 마른 헝겊을 핥고 있는 듯한 까끌거림과도 같은, 설명할 수 없는 느낌이었다. 살짝, 감겨있던 붕대를 풀어본다. 그리고 한동안 넋을 놓은 채 붕대가 풀린 손가락을 쳐다봐야만 했다.

오, 니미럴! 이게 뭐야.

혓바닥이었다. 손가락 끝, 가로로 찢긴 자리. 가운데 핵을 파낸 자리. 거기 할짝할짝 혀가 움직이고 있었다. 가만히 손가락 끝에 생겨난 혀를 입술에 가져다 대본다. 혀가 입술을 더듬는다. 이런 촉감이라니. 중독적인 할짝거림이랄까. 참을 수 없는 달콤함이 손가락 끝 혀로 전해진다. 그 순간 잃어버렸던 말이 마구 쏟아져 나온다.

후일담이지만,

수술을 집도했던 돌팔이를 찾아가 당신이 찢어놓은 손가락 끝에 혀가 달린 새로운 입이 생겼다는 사실을 털어놓았다. 그는 전혀 놀란 기색도 없이, 그래서 불편하십니까? 물었고 나는, 그런 건 없지만 이상하지 않으냐고 물었다. 그랬더니 그는 이렇게 말했다.

알고 보면,

우린 모두 정상이 아닙니다.

속된 말로 병신들이란 얘기지요.

대부분 자신의 기형을 쉬쉬하고 살지만, 실은

다 기형 하나쯤 가지고 있다는 말입니다.

즉, 이 세계는

기형의 세계란 말이지요.

그리고 이건 비밀인데

우리 와이프는 항문이 두 개고

난 성기가 두 개라네요. 흐흐~

쉿! (*)

제5의 계절

이상한 계절이 있다. 겨울인데도 봄과 같다거나, 봄인데도 겨울과 같은 계절. 혹은 겨울과 봄이 공존하는 계절. 그게 엘니뇨 현상 때문인지, 라니냐 현상 때문인지는 모르겠지만, 아무튼 뭐라 명명할 수 없는 계절이 있다. 마치 제5의 계절 같은 이상한 계절이 겨울과 봄 그 사이에 있다. 이를테면 시작과 끝이 맞물려 있는 허공 같은 계절.

회색빛으로 주저앉은 하늘은 잔뜩 웅크린 채 금방이라도 무언가 토해낼 것만 같다. 겨울의 끝 무렵. 알 수 없는 이상기후로 인해 요 며칠 동안의 날씨는 완연한 봄과 같았다. 어딘가에는 미친 개나리꽃이 피었고 종다리와 개구리가 나왔다고 했다. 하지만 어제부터였다. 갑자기 북쪽에서 차가운 대륙성 고기압이 내려온다는 일기예보가 맞아떨어진 건지 어쩐 건지는 몰라도 급격한 엄동설한으로 돌아섰다. 다시 날이 풀리면, 이런 개나리꽃…… 욕을 퍼붓는 종다리와 입 돌아간 개구리를 만날지도 모를 일이다. 이러니저러니 해도, 잘못된 선택은 그래서 치명적이다. 그는 노변 주차장에 차를 세우고 담배를 한 개비 꺼내 물었다. 윈도우를 한 뺨 내리자 기다렸다는 듯이 불쑥, 으 추위가 들어왔다.

도로 건너편 건물 2층, 흘기듯 지나간 필기체의 잔넬 간판. 카페 '날개'라고 적혀있다. 푸른색과 붉은 원색의 불 켜진 간판 글씨가 흐린 회색빛 하늘

과 대조를 이룬다. 아내와 만나기로 한 약속 장소
다. 보나마나 아내는 아직 나와 있지 않을 거였다.
워낙에 약속 시간 개념이 없는 여자니까.

　담배를 끄고 윈도우를 올린다. 시동을 켜놓은 채
의자를 조금 눕히고 지긋이 몸을 눕힌다. 으 추위
가 자세를 잃고 풀썩 주저앉는다. 그러나 곧 누군
가 어슬렁 다가와 방금 닫은 윈도우를 두드린다.
모자를 푹 눌러쓴 사내였다. 그는 엉뚱하게도 사내
에게서 은하철도 999의 차장을 떠올리고 있었다.
윈도우를 내리자 주저앉았던 으 추위가 잽싸게 꼿
꼿하게 일어선다. 사내는 어느 틈에 적어두었는지
모를 그의 자동차번호가 적힌 주차증을 건네고는
유령처럼 뒤돌아 간다. 그 모습이 영락없이 검표를
마치고 돌아가는 은하철도 999의 차장이다. 무언
가 내막이 있을 것 같은, 어딘가 음침하고 음울한
뒷모습. 살다 보면 원하든 원치 않든, 누구나 내막
이 생기게 마련이다. 나와 아내와의 사이처럼. 살
다 보면 말이다. 라디오를 튼다. 버튼을 누르자 매
복해 있었다는 듯 노래가 흘러나왔다.

봄이 오면 하얗게 핀 꽃 들녘으로

당신과 나 단둘이 봄 맞으러 가야지

바구니엔 앵두와 풀꽃 가득 담아

114

하얗고 붉은 향기 가득 봄 맞으러 가야지

　한 번도 들어본 적이 없는 노래임에도 어딘가 익숙한 멜로디였다. 파르르 떨며 잔상을 남기는 여가수의 목소리는 한 번 들으면 쉽게 잊히지 않을 묘한 흡입력을 가지고 있었다. 시트에 몸을 기대고 눈을 감는다. 노랫소리는 U.F.O인 양 머리 위쪽에서 선회하다가 귀와 가슴으로 침투해 들어왔다. 마치 먼 세월 저편에서 들려오는 소리인 듯 착각이 일었다. 무언가 아득하고 간절했던 시간을 건너온 것 같은. 아내와 함께 보냈던 시간도 그랬다. 아득하고 간절한…….

　시간이 흐르면서 간절한 것들은 날을 세우고 상대의 가슴으로 날아가 박혔다. 우리는 각자 괜찮아, 괜찮아질 거야, 하고 스스로를 위로했다. 그러나 괜찮을 리 없었다. 즉, 갈 길이 따로 있구나, 였다. 이를테면, 아내와 나 사이. 떡하니 사막이 생겨난 거다. 한 번도 가본 적 없는 사막을 집안에서 목도하고 보니, 원 세상에. 삭막하기도 해라. 이렇게 조용한 세계였어? 싶었다. 사막은 조금씩 범위를 넓혀갔다. 그리고 마침내 조용한 세계에서 황량한 모래바람이 불어왔다. 오아시스를 만나면…… 설마? 만날 수 있을까? 하다가 결국 아내와 나는 별거의 길로 접어들고 말았다. 그리고 어제. 아내는 무언가 결심이 선 듯 전화를 걸어왔다.

"내일 점심때쯤 시간 어때?"

"거래처 약속이 한 시에 있어. 그 이후론 괜찮아. 무슨 일 있어?"

"그럼 두 시 반쯤 어때?"

무슨 일이 있느냐는 내 물음에는 아랑곳없이 대뜸 약속 시간을 물어오는 아내다. 그래요. 댁이 계속 이기세요. 라는 말을 꿀꺽 삼키고

"괜찮아."

"그럼 두 시 반에 날개에서 만나. 어디냐 하면……"

"알아."

아내의 말을 자르고 그가 대답했다. 날개는 연애 시절 아내와 딱 한 번 갔던 곳이다. 어떻게 그곳을

용케 기억하고 있느냐는 뜻인지, 아니면 다른 생각에 빠져있던 건지 앞서간 그의 대답에 아내는 잠시 말이 없었다. 모를 리 없지 않은가. 거기서 아내는 농담인 듯 진담인 듯, 우리 결혼할까? 하고 물어왔었다. 그때 그는 쌍수를 흔들며, 정말? 할렐루야…… 라고 외쳤던가. 오 하나님.

약속한 두 시 반에서 오 분을 넘기고 그는 차 안에서 나와 횡단보도 앞에 섰다. 모르긴 해도 아내는 약속 시간에서 수십 분을 넘긴 후에야 나타날 게 분명하다. 연애 기간과 결혼 생활을 털어 한 번도 먼저 약속 장소에 나와 그를 기다린 적이 없었으므로. 오늘도 예외는 아닐 것이다. 그러나 또 혹시 모를 일이다. 자다가 봉창처럼 예외라는 일이 생길지도. 그런 생각을 하며 계단을 오른다. 이 층으로 올라가는 목조계단의 삐거덕거리는 소리를 들으며 문득, 지난 4년 동안의 결혼 생활이 허망했다. 마치 흐르는 물에 발을 담그고 있다가 발아래 딛고 있던 모랫바닥이 물살에 삭둑 잘려나가 일정 부분 풀썩 주저앉은 기분이다. 잠시 허공의 시간 속에서 머물다 툭 떨어진 느낌이랄까. 삐거덕! 아무튼 그런 느낌이었다.

삐걱 삐걱, 삐거덕.

예감은 틀리지 않았다. 아내는 아직 나와 있지 않았다. 텅 빈 홀, 창 쪽에다 삶의 단면을 찍어대고 있는 남녀 한 쌍이 전부였다. 서른둘 셋쯤 되어 보이는 남자와 여자. 표정이 자못 심각해 보였다. 그까지 자리 잡고 앉아있다가는 덩달아 심각해질 분위기. 그게 아니더라도 덩그러니 홀로 앉아 아내가 오기를 기다리고 싶은 생각은 없었다. 혹시 몰라 그냥 둘러만 보고 나갈 작정이었으니까. 카페를 나와 다시 자동차로 돌아왔다. 라디오를 틀고 등받이에 몸을 기대려는데 왠지 누군가의 시선을 받고 있다는 느낌. 고개 돌려 창밖을 보니 차장이었다.

"지금 나갈 거 아니에요."

으 추워. 윈도우를 내리고 그가 말했다.

"……."

차장이 표정 없는 얼굴로 그를 바라봤다. 그리곤 감쪽같이 어디론가 사라졌다. 그가 담뱃불 붙이려고 고개를 숙인 사이였다. 그새 어디로 사라진 걸까. 고개를 돌려 주위를 살펴봤지만 없었다. 귀신이 곡할 노릇이었다. 뭔가에 홀린 심정으로 넋 놓고 우두커니 창밖에다 시선을 두고 있는데, 시선이 떨어진 자리, 거기 여자가 있었다. 어디서 봤더라?

118

아는 여자인가? 아주 짧은 순간의 의문이었다. 그러나 그는 곧 그녀가 카페에 앉아있던 여자임을 기억해냈다. 방금 전까지만 하더라도 여자는 '날개'의 창가에 앉아있었다. 그런데 무슨 일이 있었던 것일까. 여자 혼자였다. 그의 시선은 곧바로 여자가 앉아있던 커피숍으로 향했다. 여자와 함께 있던 남자는 아직 커피숍에 앉아있었다. 고개를 숙인 채 커피를 홀짝이던 남자는 이따금 여자가 서 있는 횡단보도 쪽을 흘끔거리고 있었다. 그는 호기심 어린 눈빛으로 여자와 커피숍의 남자를 번갈아 쳐다본다.

횡단보도 옆 플라타너스에 살짝 어깨를 대고 있는 여자는 몹시 지쳐있는 듯 보였다. 아니 지쳐있다기보다는 갸름해 보이는 얼굴에다 입고 있는 가죽바바리 사이로 나온 두 다리가 지나치게 가냘파 보였던 까닭인지도 모른다. 여자가 서 있는 횡단보도에 파란불이 켜졌다. 차들이 멈추고 신호음이 울렸다. 이쪽과 저쪽의 경계를 끊으며 신호를 기다리던 사람들이 길을 건넌다. 그런데 어쩐 일인지 여자는 횡단보도 옆 플라타너스에 어깨를 댄 채 꼼짝하지 않는다. 여자의 머리 위에서 플라타너스 앙상한 방울들이 지난 계절들의 기억처럼 대롱거렸다.

여자를 바라보며

지난 기억을 떠올린다. 서로에게 문제가 없었음에도 3년이 지나도록 아이가 생기지 않았다. 언젠가 관계를 가지며 그 이야기를 건넸을 때 아내는, 그럴 만한 가정환경이 아니어서 그런 거겠지, 라고 말했다. 그럴 만한 가정환경? 이상하기 짝이 없는 말이었다. 무슨 뜻이야? 그가 물었다. 아내는 별 뜻 아니라며 생길 때가 되면 생기겠지. 그러니까 그냥 하던 일에나 집중했으면 좋겠다는 말로 얼버무렸다. 나중에 알았지만 아내는 피임을 하고 있었다. 하던 일을 아무리 집중해도 아이가 생기지 않는 데에는 그만한 이유가 있었던 것이다. 즉, 님 주신 밤에 씨 뿌렸네. 말짱 헛일이었네. 생각하니 분노가 치밀었다. 참을 수가 없었다. 한마디 상의도 없이 피임이라니. 언성이 높아졌다. 그게 그렇게 중요해? 나는 그렇게 생각하지 않아. 나는 내가 중요해. 태어날 아기보다, 함께 사는 당신보다 나는 내가 더 중요하다고. 왜냐고? 누구의 삶도 아닌 내 삶이니까. 아내는 그렇게 말했다. 무엇보다 자신이 더 중요하다는 아내와, 함께 중요하고 싶은 그는, 삶의 어느 지점에서 엉망진창 꼬이고 말았다. 절로 흘러나온 한숨으로 눈두덩을 얻어맞은 느낌이었다. 말하자면, 퍼렇게 멍든 눈두덩이 위에 낙동강 오리알을 문지르는 기분이라고나 할까. 아무튼, 멍든 눈으로 꼬인 것들을 바라보지만, 끝끝내 삶은 복잡하고, 출구는 없었다. 아내와 그, 누구든 먼저 싹둑 끊어낼 가위를 들어야만 하는 상황이 되고 말았다. 아내는 오늘 그 가위를 들이밀 것이다.

2층 카페 안에서는 남자가 여전히 여자를 주시하고, 잠시 후 끊겼던 길을 뚫고 차들이 지나갔다. 빠라바라빠라바라밤, 오토바이 한 대가 경적을 울리며 여자 앞을 지나갔다. 화들짝 놀라 사라지는 오토바이 뒤에다 대고, 야 이 미친놈아! 소리칠 법했지만, 여자는 미동조차도 하지 않았다. 남자가 붙잡아주길 기다리고 있는 것일까? 문득, 아내였다면 어땠을까? 생각해 보나마나였다. 아내는 흔적조차도 지우며 사라져 갔으리라. 유독 자기애가 강한 인간이 있다는 건 알겠지만, 그래도 보편적 정도란 게 있다고 그는 생각했다. 하지만 결혼 후, 정도도 정도 나름이란 걸 알았다. 인간의 어떤 정도의 기준이 얼마나 부질없는 것인가를. 그런 인간을 정도의 범주로 끌어들이는 것이 얼마나 무모한 일인가를. 그래서 다시, 처음부터 다시, 를 생각하는 그의 시선이 묵묵히 회색의 계절을 응시하고 있다.

 다시

 횡단보도 신호가 바뀌었다. 그러나 여자는 여전히 꼼짝하지 않고 있다. 반복처럼 사람들이 또 길을 건넌다. 신호등이 깜박거리며 경고음을 울린다. 노파가 허리를 휜 채 다급하게 빨라지는 신호음과는 무관하게 더딘 걸음으로 길을 건너고 있다. 그는 다시 담배를 꺼내 물었다. 그리고 담뱃불을 붙이는 동안 움직일 기색이 없어 보이던 여자가 끊어

질 듯 바빠지는 횡단보도 위 노파의 뒤를 따라 길
을 건너기 시작한다. 허공 같은 계절이 그 뒤를 따
라간다.(*)

획기적인 권력

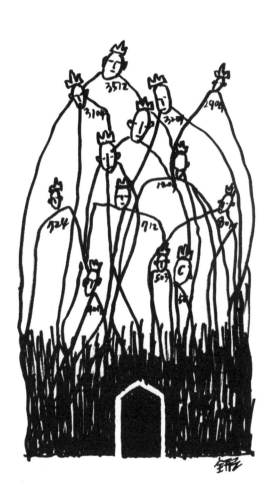

아파트 한 단지에 이상한 인간들이 그렇게 많이 사는 줄은 정말이지 몰랐다. 뭐랄까, 전 지구의 각기 다른 생물들을 한군데 모아놓은 기분이랄까. 예를 들면, 자기 집 화장실을 두고도 꼭 경비실이나 관리동 화장실을 이용하는 인간이 있다. 아무리 급해도 볼일을 봐야 할 때는 오관을 틀어막고 뛰어내려온다. 그런 날, 한 평 남짓 화장실에는 똥별이 뜬다. 하마 같은 인간이다. 꼬리를 좌우로 흔들며 자신의 용변을 사방에 흩뿌리는 하마. 볼 일이 끝나면 유유히 물속으로 가라앉듯, 그 인간은 이 한마디 남기고 홀연히 사라진다. 즐똥! 아 나 뭐 저런…… 하여간에. 15층 높이에서 쓰레기를 내던지는 인간은 또 어떤가. 분리수거는 매주 수요일. 일반 쓰레기는 이틀에 한 번, 음식 쓰레기는 매일이지만 그 인간의 집은 그런 것과는 무관하게 심야 창밖에서 이뤄진다. 그냥, 창문을 연다. 쓰레기를 던진다. 창문을 닫는다. 분리수거 끝. 이 얼마나 자연 친화적 자동시스템인가. 어떻게, 단서를 잡고 추적하여 찾아가 주의를 주면 적반하장. 자신의 옷을 찢고 살림살이를 집어던지며…… 말을 말자. 한마디로 대책 없다. 이를테면, 넌 나에게 모욕감을 줬어. 딱 그런 행동이다. 여우 같은 인간이다. 여우가 그렇듯 탈출의 명수라고나 할까. 어디 그뿐이랴. 밤마다 맨발인 채 경비실로 뛰어오는 인간도 있다. 남편이 폭력을 행사한다는 것이다. 술에 떡이 된 남편이 쫓아와 경비실을 통째로 번쩍 들어올린다. 기우뚱, 이 당신의 경비실을 어쩌려는 거지? 알 게 뭐야. 패대기친다. 경비실이 널브러진다. 하는 수 없이 경찰을 부른다. 이튿날, 짝눈의 판다곰 같은 여자가 찾아와 항의를 한다. 말려 달랬지,

누가 경찰에 신고하라고 했느냐며 따진다. 아아, 눈물겨운 부부애다. 한 쌍의 원앙이 아닐 수 없다. 그러니까 이런 일들은 이상하긴 하지만 그저 보편적이고 일반적인 아파트에서 일어나는 일들이다. 그런즉

중구난방 목불견첩. 여기는 판도라 상자 속이 아닐까. 절로 그런 생각이 든다. 뚜껑을 닫아버려야 하는데, 이게 또 오뉴월 거적 뚜껑처럼 자유분방해서 돌아서면 사건 사고다. 이럴 수가 싶은 일들이 일일 바자회처럼 일어나는 홈그라운드가 바로 여기지 뭐야. 그렇지. 적어도 여기, 이곳 아파트 단지는. 누가 뭐래도 S는 그렇게 생각한다.

S가 이곳의 경비로 온 지도 어언 1개월. 알바천국, 알바몬, 잡코리아, 워크넷 등을 뒤지고 뒤져 찾아낸 직업이다. 경비를 하기엔 이른 감이 없지 않은 나이지만, 쩍쩍 갈라진 논바닥에 말라죽은 개구리 되기 일보 직전이다 보니 따지고 자시고 할 정신이 아니었다. 살다 보면 본의 아니게 별의별 직업을 갖게 마련이다. 그중에는 해피엔딩으로 끝나는 직업을 가질 수도 있겠지만, 반대로 아 나 뭐 이런 좆같은 직업의 구렁텅이로 발을 들여놓았을까, 싶은 직업도 있다. 그런 직업 중의 하나가 바로 경비라는 직업이 아닐까. 실은, 택배나 받아주고, 시간 맞춰 순찰정도 도는 게 전부인 줄 알았다. 그러나

순찰 정도라니. 천만의 말씀 만만의 콩떡이다. 이 거야말로 전천후 울트라 슈퍼 캡 짱, 참아야 하느 니라의 최선봉이라 할 만하다. 경비가 왜? 생각할 지도 모르겠다. 만약 그런 생각을 품었다면 적어도 당신은 인간적인 인간일 게 분명하다. 그러나 인간 적인 인간만큼 인간적이지 못한 인간 또한 부지기 로 많다는 사실을 알고 나면 아파트 경비란 직업이 그리 녹록지 않은 직업임을 단박에 눈치챌 수 있으 리라. 입주 세대 전부를 직속 상사로 모셔야 되는 직업이 될 테니까. 생각해보자. 입주 세대라면 몇 명쯤이나 될까? 한 세대에 최소 세 명이 산다 치고, 이곳 아파트단지는 구백이십사 세대. 삼으로 곱하 면 대략 난감의 직속 상사들이…… 거기에 플러스 알파까지. 어디 그뿐인가. 근로기준법과 최저임금 의 사각지대가 바로 여기잖아. 말하자면, 주 팔십 네 시간을 근무하고 받는 월급이 고작 백육십 만 원 남짓. 휴식 시간이란 게 있긴 하지만 그거야말 로 눈 가리고 아옹 아닌가. 이것 참 사는 게 뭔지. 먹이를 찾아 목숨 걸고 이동하는 사바나의 임팔라 가 이런 심정이 아니었을까. 밤바야~ 사바나의 아 침이 바로 여기였지 뭐야. 정말이지 심란하다 하지 않을 수 없다. 그러므로 경비란 직업은 육체적 정 신적으로 3D업종을 넘어 DDONG 밟았다는 D쯤 되지 않을까. 에이 그래도 설마? 할지 모르겠지만 정말이지 설마가 사람을 잡는다. 진짜로.

띠리리리-리 전화벨 울리고. 네. 경비실입니다. 대 뜸. 문 열어 씹새야! 아 예예. 드르륵 위잉. 띠리리리-리 또 전화벨 울리고. 네. 경비실입니다. 아저씨, 근처 세탁소 전화번호 좀 알려주세요. 아 예예. 뒤적뒤적. 띠리리리-리 자꾸 전화벨이 울리고. 아저씨, 현관에 개똥이. 개똥까지는 좋았다. 그러나 멈추지 않는 황당한 민원들. 아저씨, 우리 집 할아버지가 바지에 똥을 쌌어요. 그래서 뭘 어쩌라고? 그리고 뜬금없이 웬 노인네가 척 전화를 걸어와서 한다는 말이, 잠깐 올라와서 등 좀 밀어주지. 이런 염병. 그런 건 목욕탕에 가서 때밀이에게. 아저씨 우리 집 장식장 좀 옮겨주세요. 응? 뭐래니. 아아 제발 이러지 마세요. 여기는 경비실이지 인력지원소가 아니에요. 그럼에도 줄기차게 이어지는 아저씨아저씨아저씨……. 모쪼록 하루가 그런 식의 끝없는 반복이다. 말도 안 돼. 물론 그렇다. 그러나 백 번쯤 중얼거리다 보면 어느 순간 말도 안 되는 일이 말이 되고 만다. 이를테면 한 달 만에 간 쓸개 잘라내고 '참아야 하느니라' 우러러 본받을 만한 성자가 되었다고나 할까. 이 모든 게 다 포도청 같은 목구멍들이 자신을 향한 덕분이지만. 아무렴 어때. 환한 얼굴의 가족들. 그거면 됐지 뭐.

　안녕하세요? S가 인사를 한다. 묵묵부답. 단지에 이상한 인간들은 많고. 이곳 관리사무소 직원들은 더 이상하다. 인사야 받건 말건 그건 개인적 취향일지 모르겠으나. 문제는 표정이다. 늘 언제나 쭉 한결같이 똥 씹은 얼굴이다. 한두 명도 아니고. 관리사무소 직원은 모두 여섯 명. 그중 소장과 여직원을 제외하면 나머지는 넷. 그런데 네 명의 표정이 데칼코마니다. 스윽, S 옆을 스쳐 지나가는 관리소 직원들. 팔랑— 바람이 인다. 왠지 모르게 주먹방귀 냄새가 한 움큼 입안으로 들어오는 느낌. 누가 저들에게 똥을 먹인 걸까? 관리소 직원들이 사라진 후, S가 노래진 표정으로 서서 길고 긴 담배 연기를 뱉어낸다. 우러러 본받을 만한 성자의 길을 오래오래 생각하며.

S가 한 달 동안, 틈나는 대로. 실은 오줌 싸고 그거 만져볼 틈도 잘 나지 않지만 그래도 유심히. 관리사무소 직원들을 지켜본 결과. 그들은 관리사무소 직원이라기보다 일용직 노무자에 가까웠다. 하루 종일 동력 운반차를 타고 새마을운동 때나 보았음직한 풍경을 연출해가며 동에 번쩍, 서에 번쩍. 새벽부터 오밤중까지. 모두가 한 가정의 가장들이고, 행여 잘릴까 전전긍긍. 돈 없고 빽 없는 이 시대의 데칼코마니들이다. 즉 몸으로 하루를 버티는 사람들. 어제는 배수로 공사를 했고, 오늘은 땡볕에 쪼그리고 앉아 보도블록을 까는 중. 징그럽게 덥다. 멀거니 바라보다가…… 저렇게 일하고 월급은 얼마나 받을까. 설마 백육십 만원? 그럴 수도. 문득, 새벽종이 울렸네. 새 아침은 아직 머얼었네.

S가 순찰을 돈다. 그럴 리가 싶겠지만. 모든 편법과 반칙 그리고 폭력은 아파트 단지 내에서 일어난다. 107동 앞에서 아파트 전임 동대표 회장과

현 동대표 회장이 맞붙었다. 이유인즉 현 동대표 회장이 불법과 편법으로 장기수선충당금을 바닥까지 닥닥 긁어 썼다고 따지자, 전임 동대표 회장이 똥 묻은 개가 겨 묻은 개 탓한다며 폭력으로 맞선 거였다. 싸움은 점점 커졌다. 코모도 같은 인간들이 두 패로 나뉘어 입에 담지 못할 욕설들을 퍼붓는다. 코모도의 입속에는 부패성 세균이 득시글거린다. 그래서 물리면 백발백중 감염된다. 코모도는 가장 원시적인 형태의 도마뱀으로 매우 포악하고 호전적이다. 동족상잔의 비극까지 서슴지 않는다. 후각이 뛰어나 10㎞ 밖의 냄새를 맡을 수 있다나 뭐라나. 봉사직이지만 이권이 걸려있는 동대표직은 그래서 놓칠 수 없는 자리다. 냄새를 맡은 코모도 같은 인간들이 떼로 몰려와 동족상잔의 비극이 어떤 것인지 몸소 보여준다. 축하해요. 「5시 뉴스룸」에 당첨되셨어요. 그러니 하던 싸움 계속하세요. 생각하며 돌아서는데 J가 씨익 웃는다. J는 이곳 경비로 10년이 넘게 근무한 베테랑이다. 그런만큼 이곳 아파트 단지에 대하여 모르는 게 없는 사람이다. J는

참 볼썽사납다. 그쟈?

그러네요.

화단, 조경, 시설물, 외벽, 복지, 경비시스템까지 어느 것 하나 비리가 개입되지 않은 것이 없다네. 더러운 갑질까지. 그래도 어쩌겠나, 그럼에도 불구

하고 구린내를 참고 견디는 건 포도청 같은 목구멍들이 모두 나나 자네를 향해 있기 때문이 아니겠나.

S가 고개를 끄덕거렸다. 즉, 아무렴 어때. 환한 얼굴의 내 가족들. 그거면 됐지 뭐. 그리고 문득 관리실 직원들의 똥 씹은 얼굴들이 떠오른다. 누가 저들에게 똥을 먹인 걸까? 싶던 궁금증이 절로 풀린다. J가 S를 잡아끌며 말한다. 저기 미친개 한 마리 올라오는구먼. 우린 그만 가세. 자네 부부젤라라는 물건을 아는가? 당연히 알고 있다고 S는 대답한다. 모를 리 없지 않은가. 2002년 월드컵 축구경기장에서 고막 떨어지게 불어대던 그 시끄럽고 시끄러운 물건을 어떻게 모를 수 있겠는가. J는 말했다. 지금 올라오는 저 인간이 바로 그런 인간일세. 이제 엄청 시끄러워질 걸세.

익히 들어 알고 있는 인물이었다. 경비원은 물론이고 관리실 직원을 종 부리듯 하는 인간이라는 걸. 누구라도 어디서든 들어보지 못한 욕설과 담배와 카악 퉤! 가래침을 입에 달고 사는 인간이라는 걸. 입이라기보다 수챗구멍이라고 해야 더 어울린다는 걸. 쓰래빠(슬리퍼라고 하기엔 너무 너덜너덜해서 이 표현이 어울리지 않을까.) 질질 끌고 꽁초 입에 물고 꼭두새벽부터 아파트 외벽으로 울려 퍼지는 카악 퉤! 소리를 휘날리며 돌아다니는, 쓸데없이 부지런한 인간이 있다는 걸. 여기선 부부젤라, 혹은 떠버리. 혹은 빨치산. 다들 그렇게 부른다는 걸. 믿고 싶진 않지만 불행하게도 그런 인간이 이 아파트에 산다는 걸 들어 알고 있다.

 격일 근무라서, 하루 쉬고 다음 날

 출근하던 S는 아파트 정문을 가로지르며 나붙은 현수막을 바라본다. 현수막에는 다음과 같은 글귀가 새겨져 있었다.

경축!

2017년 '살기 좋은 아파트 공동체 생활 우수단지' 선정

좋은 아파트에는 좋은 이웃이 함께합니다.

-봉봉아파트 입주자 대표 일동-

 이를 기념하기 위해 정문 한쪽, 누구든 잘 보일 수 있는 곳에 커다란 조형물도 세웠다. 조형물에도 살기 좋은 아파트로 선정되었다는 사실을 돋움체로

깊이 새겨 넣었다. 그걸 읽어보던 S가 킬킬거리며 웃는다. 어느 결에 왔는지 J가 등 뒤에서 말했다.

 완장 같은 걸세. 한마디로 이 동네에선 내가 짱이 란 뜻이지. 주거 공간이 아니라 아파트는 이제 권 력일세. 획기적인 권력. 자네를 경비로 고용했지만 실제로 경비 본연의 임무를 수행하는 시간이 몇 시 간이나 되는지 가만 생각해보게. 바꿔 말하면, 경 비라는 그럴듯한 이름으로 아파트는 하인을 고용 한 거란 말이지. 단독으로 할 수 없는 일을 아파트 는 할 수 있다는 말이라네. 어떤가? 정말 실용적이 지 않은가? 살기 좋은 아파트란 이름 하나 얻자고 뒷구멍으로 또 어떤 일을 벌였는지 알게 뭔가. 좀 더 질 좋은 권력을 얻기 위해 말일세.(*)

[단편] 창고 세동

또 스티커를 붙여 놓았다. 수타만을 고집한다는 중국집 스티커와 개별용달화물전문 스티커. 가만 쳐다보고 있자니 뭐랄까…… 문득, 앉아서 밥이나 축내는 짐 같은 존재라는 생각. 이런 씨! 아직은 아니야……. 중얼거리며 북 뜯어낸다. 스티커 자국이 하얗게 배를 들어낸다. 참 지겹게도 붙여댄다. 다른 곳도 아니고 출입문이다. 마치 얼굴에 붙여놓은 것처럼 여기저기 검버섯 같은 얼룩이 영 거슬린다. 어떤 것이든 세월을 견디다 보면 본의 아니게 이런저런 흔적을 갖게 마련인가. 그렇군, 그런 것이군, 한다. 언제 한번 시간을 내서 말끔하게 지워내야겠다고 생각한다.

무인경비시스템을 풀고 자물쇠 구멍에 열쇠를 찔러 넣고 천천히 돌린다. 심줄이 도드라진 팔뚝을 보며…… 느끼는 거지만, 아직 내 팔뚝은 쓸 만하다. 정말 그렇다고 고개를 끄덕인다. 문을 연다. 나른하고 야릇한 책 냄새가 훅 끼쳐온다. 콩콩거리며 창고를 한 바퀴 돌아본다. 그리고 한 귀퉁이 사무실로 들어온다. 컴퓨터에 전원을 넣고 CCTV 모니터를 켠다. 오전 08:40:41 담배를 한 대 꺼내 문다. CCTV 모니터 위로 할머니가 유모차를 밀고 창고 앞을 지나간다. 느리다. 초고속카메라 동영상을 리플레이해 놓은 화면보다 더 느리다. 환장하겠다.

영화 「집으로」의 주인공이 저 할머니였던가? 모르
겠다. 유모차엔 아기 대신 많지 않은 폐지와 빈 병
들이 실려 있다. 바로 옆옆이 고물상이다. 모르긴
해도 할머니에겐 폐지와 빈 병들이 자식 역할을 하
고 있는 중인 게 아닐까. 멋대로 생각한다. 할머니
가 사라진 자리 한 무더기 참새 떼들이 내려앉았
다. 먹을 것 하나 없어 보이는 맨땅에 대고 무언가
연신 쪼아대다 후루룩 날아간다. 참새 떼를 밀어내
고 이번엔 할아버지가 나타난다. 유모차보다 큰 리
어카를 끌고 온다. 리어카에도 폐지가 한가득. 역
시 느리다. 거의 매일 보는 풍경이다. 할아버지가
사라지고 잠시 햇빛 흥건한 화면. 어디선가 오토바
이 한 대가 불쑥 나타났다. 음식점 배달 오토바이
다. 아침부터 무슨…… 하는데, 창고 안으로 무언
가 툭 던져놓고 부타타타 사라진다. 나가보니 전단
지다. 가정식백반 신속배달 단체급식환영이란다.
이런 니미, 일 인분은 배달도 안 해주면서…… 모
쪼록 산다는 건 소리 없는 지랄이다.

  박스를 부린 할머니가 유모차를 밀고 다시 나타났
다. 그 뒤를 할아버지가 뒤따른다. 합동으로 슬로
우 비디오. 환장하겠다. 누가 인생은 육십부터라고
했던가. 누군지 몰라도 슬픔이 뭔지 모르는 인간이
었거나, 미친 인간의 헛소리였을 게 분명하다. 그
렇다면 늙는다는 것은 슬픈 일인가? 그렇다고 생각
한다. 겉모습이 늙어서 슬픈 게 아니다. 자꾸만 빨
라지는 세상과는 반대로 느려지는 몸. 스스로 혼자
설 수 없다는 사실이 슬픈 일일 것 같다. 정말이지

그렇다고 생각한다. 모아둔 돈이 없으면 자식에게 기댈 수밖에 없고, 일이 없으면 누군가에게 의지할 수밖에 없어서 슬프다. 설령 돈과 일, 모두를 가졌다고 하더라도 늙는다는 것은 주변의 사람들을 떠나보내는 일. 창고 같은 집에 혼자 남는 일. 그래서 슬픈 일. 이래저래 늙는다는 것은 좆같은 일이 아닐 수 없다.

경기도 외곽. 산과 밭 사이. 그러니까 어깨를 대고, 오래전 누군가 싸놓은 똥 덩어리처럼 똥 똥 똥…… 창고 세 동. 끄트머리 고물상과 비어 있는 창고를 사이에 두고, 거기 첫 번째 동에 나는 있다. 거두절미 대놓고 말하자면, 나는 창고지기다. 어쩌다가 여기까지 밀려왔는지 생각해 보면 지지리 운이 없었다고 할 밖에. 이것저것 하는 일마다 말아먹었다. 출판사를 말아먹었고, 컨설팅회사를 말아먹었고, 식당을 말아먹었고, 카페를 말아먹었다. 그러다가 결국 헌책같이 창고로 틀어박힌 거다. 즉, 언제 다시 소용될지 모를 보관된 인생. 문 닫힌 창고 안처럼 앞이 캄캄하다.

매일 고물들이 실려 온다. 할아버지, 할머니, 중늙은이, 노숙자, 거지, 주정뱅이…… 고물 같은 인생들이 온 동네의 고물들을 수집해 온다. 옆차기 한 방에 모든 부품이 우수수 쏟아져 내릴 것 같은 썩은 트럭이 날마다 고물을 실어 나른다. 실려 온 고물들은 고물이 아니다. 아직 한참을 쓰고도 남을 냉장고며 선풍기, 텔레비전, 각종 가구와 폐지들……. 그럼에도 버렸으니까 고물이다. 그래서 산더미처럼 쌓여진 채 방치되기 일쑤다. 누가 저 많은 것들을 내다버렸을까. 생각하다가 버릴 만했겠지. 하물며 나도 버려졌는데 뭘. 하고 만다.

더 이상은 못 하겠어요.

뭘?

같이 사는 거 말예요.

그럼 버려.

고마워요.

버려지는 건 고마운 일임과 동시에 간단한 일이었다. 아내로부터 내가 버려지는 시간은 정확히 칠점 사구 초였다. 한 마디에 일초씩 걸린 셈인데 그나마 칠초를 조금 넘긴 것은, 버려버리라는 지점에서 내가 조금 뜸을 들였다 대답했기 때문이다. 뭔가 목울대를 치고 올라오는 저릿함 탓이기도 했지만, 솔직히 말해서 버림받는다는 거, 그거 별로 좋은 기분 아니지 않는가. 그래서 잠시 머뭇거리다 대답한 거였다. 대답하면서 그래도 설마…… 하는 심정이었다. 하지만 아내는 내 말이 채 끝나기도 전에 썩은 무 조각 베어내듯 한칼에 고맙다고 말했고 나는 등신처럼 고개만 끄덕였을 뿐이다. 내 입장에서 보면, 그게 어디 나 혼자 잘 먹고 잘 살려고 그랬느냐. 이게 다 가족을 위해서 잘 해보려다 단지 운 때가 맞지 않아서 말아먹고 또 말아먹은 거 아니냐…… 겠지만, 아내에 입장에서 보면 충분히 버릴 만했다. 예컨대, 참아주는 것도 정도가 있는 법이었다.

작은 출판사의 책 창고에서 할 일은 많지 않다. 서울 사무실에서 발주서를 보내오면 내용대로 정리하여 포장을 한다. 그리고 책 박스마다 고유번호를 붙이고 비표를 하고 택배로 부치면 그만이다. 물량이 많은 곳은 직접 배송을 나간다. 물론 가까운 거리에 한해서다. 먼 지방의 경우는 용달을 불러 배송하면 된다. 하지만 요즘 사람들 책 같은 건 우라지게 안 읽는다. 당연하다고 생각한다. 날로 진화하는 지상파 방송과 위성방송들. 끝내주는 디 엔드 쩜 쩜 쩜의 영화들. 키보드 한 방이면 요술램프 속 지니 같은 세계가 우아하게 펼쳐지는데 책은 무슨……. 그러니까 말하자면 내가 이 창고에서 할 일이 많지 않다는 건 불행한 일이기도 하지만 또 한편으론 당연한 결과라는 얘기다. 거국적으로는 나라를 위해서, 또 출판사 대표님을 위해서, 개인적으로는 월급을 받아야 하는 나를 위해서 바쁘고 싶지만 도무지 바쁘게 만들어 주질 않는다. 안타까운 일임과 동시에 답답한 현실이다.

내가 모르는

　점심 먹은 게 영 소화가 되질 않는다. 아무래도 어딘가 단단히 얹힌 게 분명하다. 뱃속은 더부룩했고 가슴까지 답답하다. 짜장면과 짬뽕의 갈등을 피해 보려고 짬짜면을 시켜 먹었는데 갈등할 여지가 없는 음식이었다. 정말이지 어떻게 하면 최대한 맛대가리 없게 만들어야 할지 사력을 다해 만든 음식이었다고나 할까. 면발은 또 어찌나 굵고 공포스럽던지. 꾸역꾸역 먹은 게 화근이었다. 늘 그렇듯 저녁을 생략하려면 그럼에도 불구하고 먹어둬야 했다. 억울하고 수고스러운 일이었다. 소화도 시킬 겸 뒷산이나 올라볼까 생각하다 문득, 시작했던 사업을 하나씩 말아먹을 때마다 산을 찾았던 때가 떠올랐다. 이유는 단 하나. 비워내기 위함이었다. 그 무슨 다포에 쓰여 있던, 비워라! 텅 비어 있으면 남에게 아름답고 내게 고요하다는 그런 엄청난 깨달음의 비움이 아니다. 내가 산을 오른 것은 단지 대변을 보기 위해서였다. 언제부터였는지는 모르겠다. 무슨 일인지 높은 곳으로 오를 때마다 답답했던 것들이 무겁게 아래로, 아래로 내려앉았고, 마침내 똥이 마려웠다. 굳이 산이 아니어도 상관없었다. 63빌딩이든 남산타워든 높은 곳만 올라가면 이상하게 똥이 마려웠다. 서둘러 내려앉은 것들을 해결하고 나면, 높은 하늘 저 멀리 구름은 흘러가고,

140

답답했던 속이 시원해졌다. 단지 그뿐이었다. 그건 그렇고, 이번엔 뭘 말아먹은 건 아니지만 그렇다고 전혀 아닌 것도 아니다. 짬짜면을 말아 먹지 않았는가. 어쨌든 중력을 이기지 못한 체중들이 한꺼번에 직장直腸으로 쏟아질지도 모른다. 그러면 나는 쌍수 들어 환영하며 항문을 열고, 뒷산 어디쯤 푸근하게 앉아 뜨끈한 대인지뢰를 묻으면…… 모쪼록 그렇게 될 수만 있다면야. 가만히 고개를 끄덕인다. 택배차가 오려면 아직 서너 시간은 더 있어야 한다. 혹시 모르니까 휴대폰 번호로 착신 전환을 해놓은 다음 휴지를 챙긴다. 넉넉하게. 그리고 뒷산을 오른다.

털레털레. 혼자 오르는 산길은 정말이지 맛대가리 없다. 모름지기 산이란, 그러니까 높은 곳을 오를 때는 함께 올라야 제 맛이다. 손도 잡아주고 땀도 닦아주고 두런두런 얘기하면서 올라야 힘이 덜 드는 법인데, 아-무도 없다. 나 혼자다. 그리고 그냥 덥다. 하긴 이런 삼복더위에 누가…… 하고 혼자 중얼거린다. 야산이었음에도 제법 가파른 산이었다. 숨이 턱까지 차오른다. 망할 놈의 짬짜면. 똥 한 번 싸자고 이게 대체 무슨 짓인지. 문득 고개 들어 하늘을 보니 저 멀리 구름은 흘러가고 얹힌 짬짜면은 함흥차사. 나오라는 놈은 엿 먹어라 대답 없고 턱밑으로 뜨거운 육수만 하염없이 흘러내린다. 답답했던 가슴에다 덤까지 얹어져 이젠 명치까지 아프다. 아 씨! 이런 변이 다 있나 싶기도 하다. 그리고 아 목말라! 하늘이 노랗다.

참나무인지 굴참나무인지······ 아무튼 그 아래 퍼져버리고 말았다. 노란 하늘을 향해 한 점 부끄럼 없는, 다분히 샤머니즘적인 자세로 발라당 널브러져 씩씩거리고 있는데 어디선가 노랫소리가 들려온다. 눈을 감는다. 그런데 세상에! 공해다. 여기저기 삑사리에다가 악을 쓰는 건지 노래를 하는 건지, 참 지지리도 못 부른다. 그러잖아도 컨디션 안 좋은 몸 짜증이 넘쳐나는데, 별게 다 신경을 건드린다. 이 풍진 세상을 만(삑사리)나쓰니 너(갈라지고)에 희망이 무어시냐 부귀와 영화를 누(삑사리)려쓰면 희망에 조옥(갈라지고)할까 푸른 하늘(다시 갈라지고) 바알(다시 삑사리)근 달 아래······. 어우 내 팔자야, 이런 노래를 이 푸른 산속에서 들어야 하다니. 그나저나 물이라도 한 병 챙겨올 걸. 아 목말라.

뚝, 노랫소리가 끊겼다. 고-요. 그런데 왠지 이상하다. 무언가 주목받고 있다는 느낌. 몹시 부담스러운 이 느낌. 눈을 뜬다. 노란 하늘 참나무 잎사귀들이 헬렐레 웃는다. 일어나 앉았다. 그리고 저만치쯤 물끄러미 서 있는 사람 하나. 노인이다. 그런데 가만, 어디서 봤더라? 맞다. CCTV! 거의 날마다 연속극처럼 봤던 「환장할 느림」에 출연 중이신 바로 그 할아버지가 아니신가. 노인은 창고에 틀어박혀 있던 나를 잘 모르겠지만 나는 노인의 얼굴을

142

잘 알고 있다. 그럴 수밖에. 창고에 틀어박힌 지가 어언 두 달 남짓. 그동안 휴일과 못 보고 건너뛴 날을 빼더라도 사십 회 이상은 본 열혈 시청자가 아니던가. 아무리 눈썰미가 없는 인간이었대도 기억할 수밖에 없을 거였다. 그런데 기운도 없어 보이는 노인네가 웬 노래를 그리도 삑사리나게 불러 젖히셨는지. 그래서였을까? 나도 나지만 노인도 이 뜻밖의 상황에 조금 놀란 모양이다. 그럴 만도 하다. 방금 전까지만 해도 길 위에다 다리를 걸친 채 죽은 시체처럼 맨 땅에 뻗어 있던 인간이 부스스 일어나 앉았으니 말이다. 게다가 그 민폐에 가까운 희망가에 대해서는 누구보다 본인이 더 잘 알 터였다. 잠시 이상하고 아름다운 적막…… 끝에, 말뚝처럼 서 있던 노인이 천천히 걸음을 옮겨놓으며 재방송을 시작했다. 예의 그 「환장할 느림」이라는 대사가 전혀 없는 연속극을. 나는 마른 침을 꼴깍 삼켰다. 이상하고 아름다운 적막이 흘렀던 거리는 약 삼십 미터. 그러니까 노인이 거기서부터 재방송을 시작해 내 앞을 지나가기까지 걸린 시간은 약 십오 분이었다. 하- 정말 느리다. 도대체 폐지는 어떻게 주우러 다니는 걸까. 아무리 생각해 봐도 미스터리다.

　방법이 있겠지, 내가 모르는. 세상엔 그런 일이 부지기로 널려 있었으니까. 딴에는 열심히 한다고 했지만 하는 족족 말아먹은 사업이 그렇고, 나는 알지만 나를 모르는 노인이 그렇고, 맛대가리 없는 중국집의 영업 노하우가 그렇고, 오늘따라 감감무

소식인 대변이 그렇고, 나를 버린 아내가 그렇고, 그렇지 세상엔, 이해할 수 없지만 그럼에도 불구하고 고개를 끄덕여 줄 수밖에 없는 일들이 있는 것이다. 내가 산더미처럼 쌓여 있는 고물에 대하여 모르고, 노인 또한 내가 있는 그 창고에 대하여 모르듯이. 그런 일들이 있는 거다. 아, 목말라.

저기…… 물 좀 한 모금만 얻어 마실 수 있겠습니까?

왜 이제야 눈에 들어온 건지 모르겠다. 노인이 물통을 들고 있었다는 사실을. 여태 나는 노인의 어디를 보고 있었던 것일까. 빛 없는 창고에 처박혀 있어 눈까지 흐려졌나 보다. 어쨌거나 몇 발자국 지나쳐 걷던 노인이 고개를 돌리고 나를 본다. 그리고 들고 있던 물통을 쑥 내민다. 손이 닿지 않는 거리. 기운도 없고, 내 쪽으로 다가와 건네주면 좋으련만…… 하는 눈빛을 보냈으나 노인은 전혀 그럴 마음이 없어 보인다. 하는 수 없이 일어나 물통을 건네받았지만, 오 우라질! 마땅히 받아 마실 그릇이 없다. 남의 물통에 입을 대고 마실 수도 없는 노릇이고, 그렇다고 입을 벌리고 자리에 드러누워 부어달라고 한다면…… 망설이고 있는데 노인이 물통을 뺏어든다. 뜻이 통했다! 나는 얼른 자리에 누워 공손하게 입을 벌린다. 그런데, 헐- 물끄러미 나를 내려다보는 노인 물통 뚜껑을 내밀고 있다.

144

모쪼록 인생이란, 종종 예기치 못한 상황에 부닥칠 때가 있다. 정말이지 그럴 때가 있는 법이다.

뚜껑에 물을 받아 마신다. 그리고 잠시 후, 끄어어 억- 밑으로 나올 거라던 나의 예상을 깨고 얹혔던 속은 위로 튀어나왔다. 다시 끄어어억. 두 번의 시원한 트림. 과연, 물 한 모금에 하늘은 노란색이 아니라 푸른색이라는 자명한 사실이 새삼스러워진다. 그때 말없이 돌아서는 노인은 중단했던 재방송을 다시 시작하고…… 헌데 이 더운 날, 작지 않은 물통을 들고 뭐 때문에 산을 오르는 걸까? 하다가, 이유가 있겠지. 내가 모르는, 세상엔 그런 일이 부지기로 널려 있었으니까.

조용한 인간

입에서 단내가 풀풀 올라온다. 하루 종일 한마디의 말도 하지 못했다. 한 통의 전화도 걸려오지 않았고, 아무도 찾아오지 않았다. 혼자 책 박스를 나르고, 혼자 종류별로 분류하고, 혼자 포장을 하고, 혼자 청소를 했다. 창고는 원래 그런 곳이다. 고요한 정적만이 흐르는 곳. 벽과 벽들이 끝없이 마주

보고 있는 곳. 누군가 찾아와 주기만을 기다리는 곳. 그래서 겨우 한 번 햇볕을 쬐게 되는 곳. 그러잖아도 말이 없는 인간이던 나는 당면한 현실과 함께 더욱 조용한 인간이 되어갔다. 우아하게.

 하지만 기다렸다는 듯 정적을 깨고 밖이 소란스러워졌다. 시끄러운 인간들의 시끄러운 소리. 무슨 일일까 싶다. CCTV 모니터를 통해 밖의 동정을 살핀다. 5톤 트럭 두 대에 1톤 트럭 한 대, 그리고 승용차 두 대 사이로 시끄러운 사람들 분주하게 왔다 갔다 정신없다. 가만히 창고 밖으로 나가본다. 트럭마다 잔뜩 실려 있는 짐들. 묶인 끈을 풀고 있다. 비어 있던 가운데 동 창고로 누군가 이사를 왔나보다. 오면 오는 거고. 무슨 상관이람. 돌아서려는데 턱 앞으로 빨간 승용차 한 대가 쑥 들어온다. 여자가 내린다. 젊은 여자다. 나를 향해 살짝 목례를 한다. 여자의 싱그러운 머리가 촤르르, 쏟아진다. 그 순간 문득, 그 옛날 첩첩산중 부대로 면회를 왔던 아내의 모습이 떠올랐다. 그때 나는 민간인만 봐도 신기해지기 시작하던 이등병이었다. 하지만 이등병이 아닌 지금, 느닷없이 갑자기 별안간 왜 그 순간이 떠오른 건지는 나도 모르겠다. 아무튼, 민간인 같은 여자. 여자가 쏟아진 머리를 쓸어 올리고 웃는다. 나는 속으로 반문한다. 뭐? 어쩌라고? 여자가 말한다.

저기 가운데 동으로 이사 온 사람인데 차 좀 댈게
요. 그래도 되죠?

대든지 말든지. 나는 돌아섰다. 돌아서는 내 뒤통
수에 대고, 젊은 여자는 말했을지 모른다. 너 뭐
니? 나이만 먹음 다야, 왜 저렇게 시니컬해? 생각
하고 보니 설레발까지는 아니더라도 고개 정도는
끄덕여 줄 걸 그랬다. 아님 씨-익 웃어주든가. 하
지만 네가 뭘 알겠니. 나이만 먹은 게 다여서가 아
니라, 나이를 먹으면 본의 아니게 시니컬해진다는
사실을. 그래서 만사가 조금씩 귀찮아져 간다는 사
실을, 그래서 점점 말 수가 줄어든다는 사실을, 그
래서 하나 둘씩 떠나간다는 사실을. 그래서 너 뭐
니가 아니라, 나는 뭔가? 하는 의문의 날들이 많아
진다는 사실을. 그래서 본의 아니게 조용한 인간이
되어간다는 사실을, 그래서…… 말을 말자. 네가
뭘 알겠니.

실은 그렇다. 언제부터인지는 모르겠다. 모든 걸
포기하고 창고로 틀어박히면서부터였는지, 아니면
아내에게 버림받고부터였는지, 그것도 아니면 그
이전부터였는지, 만나는 모든 사람에게서 이상한
패배의식 같은 걸 느끼고 있다. 아직 기회가 많이
남아있는 젊은 상대일수록 더 그렇다. 필요 이상으
로 무뚝뚝하고 냉소적이라는 걸 나도 알고 있다.
하지만, 새 책을 부쳤음에도 불과 삼 일 만에 패잔

147

병처럼 걸레가 되어 창고로 되돌아오던 책들을 당신들도 봤어야 했다. 다시 누군가에게 읽혀지는 꿈을 꾸기도 그렇고, 그렇다고 모든 걸 포기하고 먼지 쌓인 창고에 방치되다 마침내 고물상행이 되고 말기엔 너무나 억울한. 그런 어중간한 나이를 살고 있는 심정을 당신이 무슨 수로 이해하겠는가. 말도 안 되는 논리일지 모르나, 하다-하다 안 되면 모든 경우로부터 시니컬해진다는 사실. 내 경우엔 더욱 그랬다. 뭐, 아니면 말고.

  CCTV를 통해 아침마다 보는 연속극 하나가 늘었다. 새로 이사 온 젊은 여자의 일대기를 다룬 연속극이었다. 일대기라고 하기엔 좀 그렇고 일상이라고나 할까. 하여간 새로운 인물이 등장했다는 사실 하나만으로도 연속극은 관심받기에 충분하다.

  여자는 정확히 아홉시 반에 창고로 출근을 한다. 자동차는 늘 빨간색이지만 의상은 매일매일 바뀐다. 왜? 민간인이니까. 여자가 신고 오는 높은 하이힐도 날마다 바뀐다. 역시 민간인이니까. 그리고 또각또각, 여자는 창고 안으로 사라진다. 잠시 후, 음악이 흘러나온다. 원 모어 타임 혹은 곰 세 마리. 이게 무슨 조합인지는 모르겠다. 하여간에 베이비 원 모어 타임 아니면 곰 세 마리. 음악 소리가 시작되면 여자가 다시 마당으로 나온다. 처음엔 앙드레 김인 줄 알았다. 나중에 자세히 보니 그건 머리를 틀어 올리고 흰색 추리닝으로 옷을 바꿔 입은 여자였다. 여자는 곰 세 마리에 맞춰 훌라후프를 돌리고 베이비 원 모어 타임에는 에어로빅을 춘다. 음악은 지루하게 반복된다. 한 시간 동안의 생 쇼 우. 나는 CCTV 모니터에 머리를 처박고 기꺼이 충실한 시청자가 되어준다.

　가운데 동 창고로 여자가 이사 오고 일주일이 그런 식으로 지나갔다. 그리고 다시 새로운 한 주가 시작되던 날, 여자의 창고에는 한 명의 남자와 두 명의 여자가 늘었다. 이를테면, 새로운 멤버가 추가된 셈이었다. 추가된 멤버도 아침마다 벌어지는 여자의 생 쇼에 동참했는데, 놀라운 것은 언제 호흡을 맞추었는지 네 명의 안무가 기가 막히게 맞아떨어진다는 사실이었다. 일심동체. 야단법석. 이건…… 인간이 사회적 동물임과 동시에 얼마나 시끄러운 동물인가를 단적으로 보여주고 있는 게 아닌가. 어쩌면 아리스토텔레스도 시끄러운 인간들의 야단법석을 목격한 후 저 유명한 말을 뱉어놓았던 것인지도 모른다. 아무튼, 있는 듯 없는 듯 조용하기만 했던 이곳에 이들은 출현했고, 아침마다 한 번만 더, 한번만 더, 외치며 곰 세 마리는 돌아다녔고, 시끄러웠고, 그건 새로운 환경이었고, 그래서 구경거리가 아닐 수 없었고, 고물상에 폐지를 넘기고 나온 할머니와 산에서 보았던 노인이 걸음을 멈추고 그 앞에 아예 자리를 깔고 앉았고, 나는 CCTV 모니터 앞에 앉아 이들을 지켜보는 조용한 인간이었다.

생 쇼가 끝나고 얼마 후, 누군가 문 앞에서 기웃
거렸다. 가운데 동 창고 청일점 남자다. 내가 걸어
나가자, 아 사무실이 안쪽 코너에 있었네요. 박스
에 가려 사무실이 잘 안 보여요, 한다. 그럼 코너에
만들지 창고 한복판에 사무실을 만들겠는가. 안녕
하세요? 남자가 붙임성 좋게 인사를 한다. 보면 모
르겠는가. 나는 남자의 아래 위를 훑어본 후 무슨
일이냐는 시선으로 그를 쳐다보았다. 아, 저는 조
기 가운데 동에 있는 사람입니다. 남자가 손가락으
로 가운데 창고를 가리키며 말했다. 뭐 그거야 익
히 알고 있는 사실이니까 손가락까지 가리킬 건 없
고…… 생각하며 나는 묻는다.

그런데 무슨……?

말끝을 흐리자, 남자가 잽싸게 대답한다.

아 예, 다른 게 아니라 수도꼭지에 사용하는 긴 고
무호스 좀 있으면 빌릴까 해서요.

고무호스. 물론 있다. 하지만 정확이 어디에 있는
지 기억나지 않는다. 찾아줘야겠다는 생각보다 귀
찮다는 생각이 먼저 든다. 없다고 해버릴까, 망설
이고 있는데, 창고 안으로 쑥 들어온 남자가 두리
번거리며 말한다.

책인가 봐요. 햐, 이게 다 무슨 책이에요? 저도 책

읽는 거 엄청 좋아하는데…… 제가 가장 감명 깊게 읽었던 책은 어린 왕자인데요. 거기 왜 그런 말 나오잖아요. 네가 오후 네 시에 온다면 난 세 시부터 행복해지기 시작할 거야. 시간이 흐를수록 난 점점 행복해지겠지. 캬아, 그 말이요.

저 혼자 떠들고 저 혼자 감탄하고. 나를 언제 봤다고…… 참 수다스런 인간이다. 당신이 온 순간부터 나는 귀찮아지기 시작했고, 시간이 흐를수록 난 점점 더 귀찮아질 거 같다는 사실을 아시는지. 차라리 얼른 호스를 찾아 보내는 게 좋을 거 같다고, 그게 상책이라고 나는 생각했다. 그러지 않으면 눌어붙어 끝없이 떠들어 댈 것만 같다. 그래서 얼른

그렇군요. 여긴 출판사 창곱니다.

대답해 주고 고무호스 찾으러 간다.

저희는 각종 생활용품을 파는 곳입니다. 국산품은 아니고요, 수입제품만을 팔고 있습니다. 순전히 인터넷 쇼핑몰사이트만을 운영하며 파는데, 제법 매출이 좋은 편이에요. 사장이 제 여동생이지요. 뭐 친동생은 아니지만…… 아무튼 동생 일을 돕고 있는 셈입니다, 하하하.

남자는 별로 알고 싶지도 않고 묻지도 않은 얘기를 고해성사하듯 졸졸 따라다니며 실토했다. 고무호스를 빨리 찾은 건 참으로 다행한 일이 아닐 수 없었다.

새벽

저녁 여덟 시 반쯤 휴대폰이 울렸다. 접니다. 발
주 있습니다. 내일 오전 열 시까지 시간 맞춰 보내
줘야 합니다. 발주서는 메일로 보냈습니다. 확인하
시고 차질 없게 해주세요. 뚝. 출판사 대표였다. 하
지만 그 전에, 아니 뭐 이런 인간이 있나 싶다. 나
는 퇴근을 했고, 그걸 모를 리 없을 텐데 거두절미
자기 말만 하고 끊어버리는 매너하곤. 적어도 저녁
식사는 했느냐, 정도는 물어본 다음 본론을 얘기해
야 하는 거 아닌가. 그게 서로에 대한 예의 아닌가,
생각하다가 그래, 예의 차리는 세상은 이제 갔지.
예의? 그거 필요한 곳에다만 쓰기도 바쁜 세상에
뭘 더 바래. 용건만 간단히! 이게 언제 적 표어더
라? 머리 아프다. 말자. 그래서 메일을 열고 발주서
를 확인한다. 전화를 걸어올 만했다. 만만치 않은
발주 수량이었다. 비표 작업과 박스 작업을 하려면
족히 두 시간 이상은 해야 할 물량이었다. 발주처
가 지방이었으므로 미리 용달을 예약해 두고 창고
로 향한다. 시간 안에 작업을 마치고 용달에 실어
보내려면 어차피 새벽 두 세 시에는 나가야 한다.
그러느니 지금 나가자. 그게 속편하다. 그래서 다
시 출근한 창고 앞. 그런데 세상에, 창고 주변이 이
렇게 깜깜한 곳인 줄 몰랐다. 마치 우주 한복판에

나온 기분이랄까. 암흑 속에 창고 세 동이 추락한 미르호처럼 누워 있다. 정말이지 누가 봐도 음침하고 너무나 창고다운. 문을 열고 그 안으로 들어간다. 어둠 속에서 한참을 서 있었다. 적막. 고요. 외로움이 차례로 지나갔다. 까마득한 우주를 여행하는 게 이런 기분일까 싶다. 모쪼록, 인생이란 것도 그런 거겠지.

비표를 적어 넣고 제품보증서를 넣은 박스를 빠레트에 옮겨 쌓기를 두 시간. 숨을 몰아쉰다. 작업을 마쳐놓고 나니 무언가 툭, 하고 풀려버린 느낌. 그래서 맥없고 헐겁고 쑥 빠져나가 한없이 편안해진 느낌. 결코 즐겁지만은 않은 이 느낌. 그렇지, 아내와 헤어지고 나서도 이런 느낌이었지. 웃통을 벗어던진 채 책 박스 위에 걸터앉아 물고 있던 담배에 불을 붙인다. 한숨과 함께 무심히 고개 숙이고 자신을 내려다보니 앙상한 팔과 가슴, 그 아래 배만 볼록 튀어나왔다. 이건 뭐 E.T도 아니고, 인격도 아니고…… 후우, 하고 연기를 뱉어내는데, 덩그러니 외롭다. 늙어질수록 멱살 틀어쥐고서라도 악착같이 붙어살아야 한다던데, 그래야 서로의 얼굴에 똥칠을 하더라도 폼이 난다던데…… 괜히 버리라고 했다. 정말로.

버려진 듯, 책 박스 위에 누워서 까무룩 잠이 들었다. 짧은 잠. 그 와중에 꿈을 꾸었던가? 한없이 걷

는 꿈. 앞만 보고 걷는 꿈. 길가에 꽃들이 피어 있
었던가? 모르겠다. 아무도 없는 길을 혼자 쎄 빠지
게 걷다 뭔가 잘못 들어섰다는 생각을 한 거 같고,
그래서 왔던 길을 되돌아보다 이런 니미…… 하다
가 잠이 깼다. 눈을 떠보니 창고였고, 뭐 이런 개
같은 꿈이 다 있나 싶고, 나는 오줌이 마려웠다. 일
어서려는데 풀썩, 다리가 풀렸다. 거기 주저앉은
자리, 뭔가 허우적대고 있다. 누구냐 넌? 장수풍뎅
이다. 여섯 개의 발을 들고 뒤집어졌다. 누군가 뒤
집어 주지 않으면 그대로 박제가 될 것만 같은. 비
극이었다. 얜 왜 여기까지 와서…… 발만 많으면
뭐하나 싶다.

새벽이었다. 장수풍뎅이를 들고 화장실을 가려다
걸음을 멈춘다. 놀래라. 가운데 동 창고 앞, 그 어
둠 속에 사람이 있었다. 창고에 등을 대고 나란히
앉아 있는 두 사람. 누굴까? 이사 온 여자인가? 그
럼 그 옆엔? 청일점 그 남자인가? 아니다. 놀랍게
도 할머니와 할아버지다. 그 「환장할 느림」의 주
인공들.

이제 그만 산에서 내려와요. 내가 영감이랑 살려
고 집 하나 얻어놓았우.

이 할망구가 지금 돈 많다고 자랑하는 거여 뭐여.
내가 그 집엘 왜 들어가.

154

혼자 산에서 사는 거 지겹지도 않우?

지겨워. 그런데 그게 또 꼭 지겨운 것만은 아녀.

어째서요?

어째서긴, 이렇게 할망구랑 연애하는 거 좋찮여.
매일 젊어지는 거 같거든. 집이 생기고 세간 갖추
고 배때기 부르면 절대 이런 기분 못 느끼는 법이
여. 사는 게 좀 모자란 듯해야 맛이 나는 겨. 그러
지 말고 이제 그만 자식들에게 고물상 같은 건 줘
버리고 할망구나 산속으로 들어오지 그래. 가진 게
많으면 걱정도 많아지는 법이여. 늙은 것도 서러운
데 뭐하러 걱정까지 붙들고 살아.

정말 내가 좋기는 한 거야요?

좋지 그럼. 보여줘? 이리 와봐.

호호…… 아이 이 양반이 남사시럽게…….

그리고 조용해졌다. 조용히 있다는 건 무언가 집
중하고 있다는 얘기. 들고 있던 장수풍뎅이가 날개
를 펴려고 손아귀에서 푸드득거렸다. 아, 장수풍뎅
이를 돌려보내 주려던 참이었지. 뒤집어진 삶에 힘
을 보태주려 했었지. 풍뎅이를 가만히 손바닥 위에
올려놓는다. 몇 걸음 손바닥 위를 배회하던 풍뎅이

가 손가락 끝에 다다르자 푸드득! 하고 산 쪽으로 날아간다. 그리고…… 오, 놀라워라. 나는 몰랐다. 나이가 들면 입은 그저 말하고 먹는 기능, 그걸로 끝인 줄 알았다. 그러나 그건 나의 중대한 착각이 었다. 키스를 나누고 있는 두 사람. 어쩌자고 나는 늙음에 대한 이상한 편견을 가지고 있었던가. 그들은 그냥, 그러니까 즉, 고물상으로 들어온 고물은 더 이상 고물이 아니듯, 눈앞의 노인들은 더 이상 노인들이 아니었다. 그냥 남자와 여자일 뿐이었고, 나는 오줌이 마려웠다. 아, 그래 맞아 창고와 창고 사이, 화장실로 오줌을 누러가려던 참이었어. 알고 보면 관계란 것도 사이의 조화. 남녀 간의 유대감 이란 것도, 알고 보면 그런 거겠지. 외로움의 유대, 언어의 유대, 소통의 유대, 정서적인 유대……. 그 만 돌아서서 걸음을 옮기는데, 풍뎅이가 날아갔던 산 쪽에서 한줄기 시원한 바람이 가슴을 훑는다.

그리고 아침

산다는 건 반복이다. 한 번은 비극으로 또 한 번은 희극으로. 창고 앞, 아침마다 불려나오는 곰 가족 은 희극이었다. 만약 희극이 아니었다면 그렇게 반 복적으로 원 모어 타임을 외쳐대진 않았을 거였다. 경쾌한 리듬에 맞춰 몸을 흔들고 느끼고 즐기고 있는 사람들, 틈에 박자와는 무관한 동작으로 그들이 있었다. 어이없게도 그동안 구경만 하던 두 노인까지 합세하여 느린 몸을 흔들고 있었던 것이다. 회춘인가. 발악인가. 모르겠다. 그리고

믿기지 않지만, 날이 갈수록 춤추는 인간들이 늘어갔다. 한 명씩, 또 한 명씩, 샘물처럼 어디선가 흘러나왔다. 이건 마치…… 숨은 그림 찾기잖아. 나는 주변에 이렇게 많은 인간들이 살고 있는지 몰랐다. 대체 이 많은 인간들은 그동안 어디에 숨어

있었던 것일까. 몰링현상이라고 해야 할지, 아무튼 그들은 스스로 움직였고, 춤을 췄고, 청소를 했고, 덕분에 깨끗해졌다. 누군가 내다버렸던 깨진 바가지며 폐타이어와 썩은 가구들이 사라지고 잡풀로 우거졌던 사방이 환해졌다. 그것은 조금 낯선 일이기도 했다. 휴가철 피서지의 뒤끝이라든가, 경기가 끝난 야구장의 뒷모습…… 물론 이런 버라이어티한 풍경을 상상한 건 아니지만, 이 도시 변두리 음습하고 구석진 곳은 어디에나 쓰레기들이 넘쳐났다. 왜 그런 건지 모르겠지만 그건 당연한 일이라고 늘 생각해 왔다. 그래서인지 달라져 가는 창고 주변 환경에 묘한 기분마저 들었다. 그러나 뭐 그럴 수도 있지. 엄밀히 따지자면 창고란, 보관된 물건의 효율적 가치를 증대시키기 위하여 생겨난 게 아니던가. 그렇다면 주변 환경이 깨끗해야 되는 게 당연하다. 원래부터 이랬어야 했다. 새삼 주위를 둘러보며 나는 혼자 고개를 끄덕였다. 그런데 이 버로우한 느낌은 뭘까.

기다리지 않아도 아침은 매일 찾아오고 나는 출근을 했다. 컴퓨터에 전원을 넣고 부팅이 되길 기다리다, 가만? 무언가 할 일이 있었던 거 같은데…… 뭐였더라? 중요한 거였던가? 곰곰 생각한다. 하지만 기억나지 않는다. 느끼는 거지만, 까마귀 고기를 삶아 먹은 것도 아닌데 부쩍 건망증이 심해졌다. 기억나지 않는 걸 붙잡고 씨름하는 것처럼 답답한 일도 없다. 곰곰 했던 생각을 버리고 메일박스를 확인한다. 스팸 메일 두 개와 지난 달 카드 사용 내역서를 휴지통에 던져버리고 웹서핑을 시작한다. 창을 열자 기다리고 있었다는 듯 눈에 들어오는 기사 하나. 높아진 습도와 더위로 인한 불쾌지수 상승은 집중력을 떨어뜨려 건망증을 일으키게 한다는 신문 기사. 그렇군, 그런 것도 한 요인이 될 수 있겠군, 하고 긍정한다. 하지만 그런 증상을 나타나게 하는 게 어디 날씨뿐이겠는가. 즉 살다 보면 말이다. 따지고 보면 지난 세월도 건망증으로 점철된 시간이 아니던가. 알면서도 잊어버리고 무심결에 잊어버리고 사는 일에 쫓겨 잊어버리고, 그래서 오해와 실수투성이의 시간들을 건너다 보니 여기 창고까지 왔다. 창고? 하다가 문득, 그러니까…… 혹시 나는 버려진 게 아니고 아직 쓸 만한 이유로 보관되어진 건 아닐까. 사는 게 실수연발의 장이라면 기회 또한 그런 것이어야 마땅하니까. 그래, 맞아. 나는 아직 치매가 아니라 건망증일 뿐이잖아. 그건 잊어버렸다는 사실조차 자각하지 못하는 것과는 다른 거지. 무언가 잊어버렸다는 걸 알고 있지만 잠시 생각이 나지 않을 뿐이야. 그런 거지, 중얼거리는데 오토바이 한 대가 들어온다. 어제 시켜 먹고 내놓은 빈 그릇을 싣고 부리나케 사라진다. 그때, 아, 맞다. 스티커! 그걸 지워야겠다고 생각했었지. 겨우 그거였어?

무슨 중요한 일을 잊은 줄 알았는데, 기억해 내고 보니 조금 어이가 없다. 그래서 허탈하게 웃는다. 웃으며 양동이에 물을 받는다. 걸레를 빤다. 걸레 빤 물을 버리고 다시 새 물을 받는다. 그리고 걸레와 양동이를 들고 밖으로 나간다. 아침 햇살은 눈부셨고 옥수수 대궁은 또 언제 저렇게 커버렸나 싶다. 문을 닫고, 문 위에 물을 뿌린다. 스티커 얼룩이 조금씩 부풀고 그것들을 떼어내기 시작한다.

안녕하세요?

깜짝이야. 가운데 동 수다맨이다.

에이, 그거 그렇게는 잘 안 떼어져요.

하고, 뛰어간다. 쟤 뭐래니. 고무호스 한 번 빌리고 엄청 친한 척이다.

물기를 없애고 저기 자국 위에다 이걸 발라보세요.

금방 돌아온 수다맨이 뭔가 쑥 내민다. 이게 뭔데? 하는 눈빛으로 쳐다본다.

자동차 광택젠데 이걸 사용하면 쉽게 떼어낼 수 있어요.

믿기진 않지만, 뭐 어쨌든 고맙다고 말 하려는데

너무 많이 붙여놔서 떼어내기가 쉽진 않겠어요. 그래도 열심히. 사장님, 화이팅!

하고, 사라진다. 사장은 무슨…… 그리고 뭐, 열심히? 화이팅? 아 증말.

수다맨이 일러준 대로 다시 물기를 닦아내고 그 위에 광택제를 바르는데, 끝동 고물상 쪽이 시끄럽다. 산더미처럼 쌓여 있던 고물 아닌 고물들이 어디론가 실려 나가고 있다. 그 뒤를 따라 뒷짐 진 두 노인이 고물상에서 나온다. 잠시 후, 곰 세 마리가 뛰어나와 마당을 휘저으며 돌아다니고, 먼저 온 사람들이 훌라후프를 돌린다. 두 노인도 느린 몸을 흔든다. 하나 둘 사람들이 모여들기 시작한다. 그리고

렛츠 고!

베이비 원 모어 타임

렛 미 블로우 유어 마인드

오늘밤 다시 시작하겠어 널 위한 쇼 타임

달콤한 초콜릿처럼 녹아든 내게 빠져봐

생 쇼가 시작됐다. 나는 스티커 얼룩을 떼어내며

관람한다. CCTV 화면이 아닌, 눈앞에서 펼쳐지는 쇼 타임. 모두들 웃는다. 박자 틀려서 웃고, 율동 틀려서 웃고, 앞 사람 흔드는 모양새가 우스워서 웃고, 웃는다. 모두가 즐겁다. 생각해 보면, 즐거워서가 아니라 즐겁길 원했던 사람들. 그래서 마침내 즐거워진 사람들이 아닌가 싶다. 어디서 어떻게 숨어 있다 나타난 사람들일까. 수다맨의 말에 의하면, 누군가는 옥수수밭 주인이라고 했고, 또 누군가는 근처에서 닭을 키우는 사람이라고 했고, 누군가는…… 기억나지 않는다. 아무튼 지금은 다 함께 베이비 원 모어 타임이다. 한번만 더…… 한번만 더, 렛츠 고! 노래는 반복되고, 창고 앞마당이 빽적지근해진다. 이제 주변에서 저 일심동체 야단법석에 동참하지 않는 인간은 나, 뿐이다. 멀리 초록이 지쳐간다.(*)

작가의 말

'란'이 아빠라는 인간을 알고 있다.

이렇게 운을 때면, 당신은 아마도 '아, 란이라는 이름을 가진 딸을 둔 남자를 가리키는 말이겠구나'라고 생각할지 모르겠다. 하지만 틀렸다. 그건 그냥 그의 별명이다. 무슨 뜻일까? 궁금증으로 당신은 고개를 갸웃할지도 모르겠다. 어이없게도 그건 그의 별명 변천사를 한번만 읊어주면 확 이해가 된다. 그러니까 처음 그의 별명은, 닭대가리였다. 닭대가리에서 닭이 되었고, 계란이 아빠로 진화한 다음

결국엔 '란'이 아빠가 되었다. 실은,

별명 이야기를 하려는 게 아니다. 닭 볏처럼 자라
났던 당신들의 무지와 편견, 모순과 아이러니, 욕
심과 폭력의 계란을 먼 산 투척하듯, 당신들께 되
돌려주고 싶다는 얘기를 하려던 것이다. 그런 인간
들의 얘기. 고작 이런 걸 가지고? 싶긴 하지만, 뭐
어때, 던져라도 본다는 게 중요한 거잖아. 굳이 해
봐야만 직성이 풀리는 인간은 어디에나 있는 거니
까. 즉 그런 거니까. 떡이라도 지겠지. 그런 의미에
서 본다면 어릴 적 아버지와의 대화는 차라리 인간
적이라 할만하다.

얘야, 이제 나는 아무 것도 하지 않을까 한다.

아버지 저는 이제 겨우 중학교 3학년이에요.

차가운 지구는 이제 넌덜머리가 난다. 너는 뭐든 되겠지.

아버지처럼 되진 않을 거예요. 차가운 지구에 대해선 말하지 마세요.

대단하구나. 하지만 세상은 무서운 곳이란다.

알아요. 하지만 나는 아직 열여섯 살이고 무서운 아버지가 있죠.

슬픈 얘기구나. 그래도 어쩔 수가 없다.

어떻게 이럴 수가 있어요. 이건 폭력이에요. 벌 받을 거예요.

미친 인간은 어디에나 있기 마련이다. 기운 없다

세상에 뭐 이딴 게 다 있지? 그 때 나는 그런 생각을 했다. 그리고 아버지의 나이를 훌쩍 넘긴 지금 다시 그런 생각을 한다.

세상에 뭐 이딴 게 다 있지?

2018년 8월

유문호

쿵! 하고 안드로메다

1판 1쇄 인쇄 2018년 9월 10일
1판 1쇄 발행 2018년 9월 20일

지은이 유문호
발행인 윤미소
발행처 (주)달아실출판사

책임편집 박제영
디자인 전형근
마케팅 배상휘

주소 강원도 춘천시 춘천로 17번길 37, 9층
전화 033-241-7661
팩스 033-241-7662
이메일 dalasilmoongo@naver.com
출판등록 2016년 12월 30일 제494호

ISBN   979-11-88710-18-8 03810

* 이 도서의 국립중앙도서관 출판예정도서목록(CIP)은 서지정보유통지
  원시스템 홈페이지(http://seoji.nl.go.kr)와 국가자료공동목록시스템
  (http://www.nl.go.kr/kolisnet)에서 이용하실 수 있습니다.(CIP제어번
  호: CIP2018025241)
* 잘못된 책은 구입한 곳에서 바꿔드립니다.
* 책값은 뒤표지에 표시되어 있습니다.